小說歷史101

宮本武藏

(二)水之卷

吉川英治 著

劉敏 譯

遠流出版公司

小說歷史⑩
宮本武藏——劍與禪 (二)水之卷　(全七冊)
作　　者／吉川英治
譯　　者／劉　敏
主　　編／楊豫馨
特約編輯／孫智齡
發 行 人／王榮文
出版・發行／遠流出版事業股份有限公司
臺北市汀州路三段 184 號七樓之 5
郵撥／0189456-1　電話／2365-1212
傳眞／2365-7979・2365-8989
著作權顧問／蕭雄淋律師
法律顧問／王秀哲律師　董安丹律師
排　　版／正豐電腦排版有限公司
1998 年 3 月 1 日　初版一刷
1998 年 5 月 30 日　初版三刷
行政院新聞局局版臺業字第 1295 號
售價：新台幣 280 元(若有缺頁或破損，請寄回更換)

ISBN　957-32-3437-8 (一套・平裝)
ISBN　957-32-3439-4 (第二卷・平裝)
YLib 遠流博識網
http://www.ylib.com.tw　E-mail:ylib@yuanliou.ylib.com.tw

出版緣起

王榮文

歷史小說是以歷史事件和人物爲素材，尋求它的史實，捕足它的空隙，編織而成的小說。

透過具有歷史識見和文學技巧的歷史小說家，枯燥的史料被描摹成了動人的筆墨。我們看到人物在歷史的舞臺上鮮活過來；栩栩如生；我們也看到事件在歷史的銀幕上鉅細靡遺，歷歷如繪。讀者所期盼的歷史知識和小說趣味都因此而達成了。

歷史小說的寫法彈性甚大。從服膺歷史的眞實、反對杜撰、史料的選擇和運用一再審慎考慮而趨近史家考證的一派，到僅僅披上歷史的外衣，而以主題濃厚、節奏明快見長的這一派，歷史小說的範圍可以說十分遼闊。但大體上，它包含了歷史的眞實和文學的眞實，而以小說的形式呈獻在讀者的面前，構成既在歷史之中，又在歷史之外的微妙境界。

我國的歷史小說，是有長遠傳統的，《三國演義》就是其中最著名的一個例子，胡適認爲它是一部絕好的通俗歷史，在幾千年的通俗教育史上，沒有一部書比得上它的魔力。

在近代日本，從盡其可能達到歷史境界的明治時代文豪森鷗外，到近年來大眾文學傾向濃厚的司馬遼太郎、井上靖、黑岩重吾等，眞可說是名家輩出，這其中還包括了菊池寬、芥川龍之介、吉川英治、山岡莊八、新田次郎……等大家。而歷史小說的興盛至於蔚爲風氣也給讀者大眾帶來了深遠的影響。

由於歷史小說的深遠影響，它的出版便成了極具意義之事。數年前，我們曾經出版了一套包含《三國演義》在內的「中國歷史演義全集」，受到廣大讀者的歡迎。如今，我們在出版歷史讀物（柏楊版資治通鑑）和小說讀物（小說館）的同時，再接再厲，策畫出版一系列的「小說歷史」，這一次，我們企圖以日本的歷史小說爲主，更廣泛地爲讀者蒐羅精采動人的歷史小說。

我們期望採取一個寬廣的態度，與讀者一起從小說出發，追尋它與歷史結合的趣味。

目錄

(二) 水之卷

宮本武藏

㈡

水之卷

水之卷

比起瓶裏微笑的芍藥花，落在武藏膝前七寸長的花莖更吸引他的注意力。芍藥枝幹雖然柔軟，但這切口看得出來是用相當大的腰力切下來的……就像雕刻一尊佛像，即使使用的是同一把鑿刀，但從著力的刀痕，便可瞧出名匠和凡工的不同。

吉岡染

1

今日不知明日事。

信長也經常吟唱——

人生五十年，世事變化，如夢幻泡影。

無論是知識分子，或是非知識分子，人人都有這種體認。戰火已熄，京都和大坂的街燈，猶如室町將軍盛世時一般明亮，即使如此，人們的腦子裏還是會想：

不知何時，這些燈火又要熄滅了？

長久以來的戰亂，烙印出這種人生觀，無法輕易拭去。

慶長十年。

關原之役已是五年前的往事了。

家康辭去將軍職位，秀忠今年春天成爲第二代將軍，爲了上京拜謝，京裏呈現一片復甦的景氣。

但是，沒人相信這戰後的景氣是眞正的天下太平。江戶城裏，即使第二代將軍即位，大坂城裏，豐臣秀頼仍然健在──不只健在，諸侯都還跟隨著他，而且擁有足以容納天下浪人（編註：沒有主人到處流浪的武士。）的城池和財力。還有，他父親豐臣秀吉遺留下的德望。

「可能還會再戰吧！」

「時間的問題罷了！」

「戰爭和戰爭之間的兵火，就和這街上的燈火一樣短暫啊！誰說人生有五十年，街燈到了明天就滅了。」

「不喝白不喝，還猶豫什麼？」

「沒錯，飲酒作樂吧！」

在此，也有一批人抱著這種想法，在世上得過且過。

這些人是陸續從西洞院四條的街頭出來的武士。在他們旁邊，有個白壁築成的長牆，以及雄偉的橫木門。

任職室町家兵法所

平安　吉岡拳法

寫著這些字的門牌已經變得漆黑，不仔細看根本讀不出字來。雖然如此，卻一點也不失莊嚴。

當街道開始點燈的時候，就有許多年輕的武士魚貫地走出這門回家去，似乎沒有一天休息。有的人，包括木刀在內，腰間總共佩了三把刀；有的扛著眞槍。他們都是一些遇上戰事，就會比賽誰先見血的武人。就像颱風眼一樣，一副看到誰都想惹是生非的嘴臉。

一羣八、九人圍著一人叫著：

「小師父！小師父！」

「昨晚去的那家，眞令我們蒙羞。對不對？各位！」

「眞的不行耶！那家的娘兒們只對小師父拋媚眼，絲毫不把咱們放在眼裏。」

「今天可要到一家不認識小老師，也不認識咱們的地方喔！」

大家七嘴八舌講個不停。這條街道沿著加茂川，燈火通明。有一處經戰火焚燒後長久任其荒蕪的空地，不知何時開始，竟也地價高漲，蓋起一些新違建戶，到處掛著紅的或淺黃的門簾。胡亂塗著白粉的妓女，不斷尖聲浪笑；店家大批買來的阿波（地名，今日的德島縣）女郎，也抱著最近流行的三絃琴，邊彈邊唱。

「藤次！去買斗笠來，斗笠。」

來到花街附近，身材頎長、穿著暗茶色繡著三朵苧環家徽的衣服，被稱爲小老師的吉岡淸十郎，回頭對同伴說道。

「斗笠？是草笠嗎？」

「沒錯。」

「什麼斗笠，不戴也沒關係嘛！」

弟子祇園藤次回答道。

「不，我不喜歡讓人側目批評說，吉岡拳法的長子在這種地方閒逛呢！」

2

「哈哈哈！沒斗笠就無法走在花街上。標準公子哥兒的話，難怪會因太有女人緣而傷腦筋呢！」

藤次半揶揄半拍馬屁，並對同行的一個人吩咐：

「喂！快去買斗笠來。」

在這羣醉醺醺，如皮影般晃動的人羣中，有一人穿過街燈，跑向斗笠店。

一會兒，斗笠買來了。

「這樣戴著，就沒人認得出我了。」

清十郎把臉遮住，大搖大擺走在大街上。

藤次在後面說道：

「這下子更加俊俏了。小師父，這樣更風流倜儻喔！」

其他的人也幫腔說道：

「娘兒們都從窗口看著您喔！」

事實上，這些人說的也不全是奉承話。清十郎身材頎長，穿戴的全是綾羅綢緞，年約三十上下，正值男人盛年，而且確實有名門子弟的氣質。

走著走著，不少娘兒們從一間間淺黃的短簾，或是紅貝殼色的格子門裏，像籠中鳥般啁啾個不停：

「進來呀！美男子。」

「假正經的斗笠先生！」

「進來坐一下吧！」

「把斗笠掀開，讓我們看看您的臉呀！」

清十郎更加裝模作樣。弟子祇園藤次慫恿他踏入花街柳巷雖是最近的事，但本來父親吉岡拳法就是個名人，幼年不曾受金錢之苦，也不知天高地厚，生來就是個大少爺。所以，多少有幾分虛榮氣派。弟子們的逢迎吹捧，還有妓女們的鶯聲燕語，就像甜美的毒刺，使他更加陶醉。

此時，從一間茶店傳來妓女嬌滴滴的聲音：

「咦？四條的小師父，不行喔！您遮著臉，我也認得出來喔！」

清十郎掩住得意的神色，故意裝出驚訝的表情。

「藤次！為何那娘兒們知道我是吉岡的長子呢？」

說完，停在那格子門前。

「奇怪？」

藤次看看格子門內白皙的笑臉，又看看清十郎，說道：

「各位！有件事很奇怪喔！」

「什麼呀？什麼事？」

同伴們故意起鬨。

藤次要製造遊樂的氣氛，開玩笑說：

「我一直以爲他是頭一次來逛花街呢！我們家的小師父眞是深藏不露啊！我看他已跟那娘兒很要好了！」

他指著她，那妓女立刻說道：

「沒這回事，他胡說。」

清十郎也誇張地說：

「你在胡說什麼！我根本沒來過這家。」

藤次早知道他會正經地辯解，但還是故意說道：

「那麼，爲何您用斗笠遮住臉，那娘兒們還是猜出您是四條的小師父？您不覺得奇怪嗎？各位！你們不認爲奇怪嗎？」

「眞奇怪耶！」

大家七嘴八舌地附和著。

「不是，不是。」

那妓女把一張白粉臉靠到格子門上。

「喂！各位弟子們，連這點小事都不知道，怎麼做生意呢？」

「哦！妳的口氣眞大。妳說，怎麼認出來的？」

「暗茶色的羽織（無袖外掛），是四條武館衆武家最喜歡的衣服。而頂頂有名的吉岡染，連這條花街都在流行呢！」

「但是，誰都可能穿吉岡染，不只有小師父穿啊！」

「可是上面有苧環家徽呀！」

「啊！這不行！」

趁淸十郎看著衣服上的家徽時，門內的女人立刻伸出白皙的手，一把抓住他的袖子。

3

「我眞是藏頭露尾。傷腦筋！傷腦筋！」

藤次對淸十郎說：

「小師父，事情到這地步，除了上這家，別無他法了。」

「隨便了。倒是先叫她放了我的袖子吧！」

他一臉的爲難。

「妳這娘兒，小師父說要上妳這家，放手吧！」

「眞的？」

妓女終於放開淸十郎的袖子。

大夥兒撥開那家的門簾，一擁而入。

這裏也是匆忙搭蓋的簡陋屋子，俗不可耐的房間裏，胡亂地裝飾著低俗的圖畫和花。

但是，除了淸十郎和藤次之外，其他人對這些根本不在意。

「快拿酒來。」

有人擺架子說道。

酒一拿來——

「上菜！」

又有人喊道。

菜上來了，有個精於此道、地位跟藤次相當名叫植田良平的人故意怒斥道：

「還不快點叫娘兒們出來！」

「啊哈哈哈！」

「哇哈哈哈！」

「要叫娘兒們出來，太好了！植田老要發威嘍！快叫娘兒們！」

大夥兒學他的口氣。
「誰說我老了？」
良平老握著酒杯，斜眼瞪著那羣年輕伙子。
「沒錯，我在吉岡門是老前輩了，但鬢毛還是這麼黑喔！」
「跟齋藤實盛一樣，是染的吧！」
「哪個傢伙？說話也不看場合。到這裏來，罰一杯！」
「走過去太麻煩了，把酒杯丟過來！」
「丟去嘍！」
酒杯飛過去。
「還給你嘍！」
又飛回來。
「來呀！誰來跳舞？」
藤次說道。
清十郎也有點飄飄然。
「植田，你越來越年輕了。」
「心領了。你說我年輕，我不得不跳舞了。」
大家以爲他到走廊去，沒想到他拿了女侍紅色的圍裙，綁在頭上，還插上梅花，扛著掃把。

「嘿喲，各位，我要跳飛驒舞。藤次，你替我唱歌吧！」

「好好，大家一起唱吧！」

有人用筷子敲盤子，有人用火鉗敲火盆。

竹籬笆　竹籬笆
越過竹籬笆
雪白的長袖子
露了一下
長袖子　雪白的長袖子
露了一下

大家拍手叫好。妓女們也敲敲打打接著唱：

昨日之人
今日已不見蹤影
今日之人
明日即無影無蹤

我們沒有明日
把握今日談戀情

在另一個角落，有人拿著一個巨大的盛酒器：

「你不喝嗎？這等好酒。」

「謝了！」

「這哪算武士？」

「什麼？好，俺喝，你也得喝喔！」

「沒問題。」

大夥兒牛飲比賽喝酒，大口大口猛灌者，直到喝不下的酒從嘴角流了出來。

最後，有人終於忍不住開始嘔吐；也有人瞇著眼，盯著喝酒的同伴；還有人平時就已驕傲侮慢，這會兒更氣燄囂張地說：

「除了咱們京八流的吉岡老師之外，天下還有誰懂劍的？如果有，在下想先睹爲快呢！……哈、哈、哈！」

4

有個男人坐在淸十郎旁邊，一樣喝得爛醉如泥，嗝打個不停，他突然哈哈大笑起來。

「你這傢伙，看小師父在這裏才故意拍馬屁。天下的劍道，不只是京八流喔！還有，吉岡一門也不是第一的。你看，光是京都一地，黑谷就有從越前淨教寺村出來的富田勢源一門；北野有小笠原源信齋；白河則住著未收弟子的伊藤彌五郎一刀齋。」

「那又怎麼樣？」

「所以妄自尊大是行不通的。」

「這傢伙……」

被潑冷水的男人，站了起來：

「哼！你給我出來！」

「我嗎？」

「你身爲吉岡老師的門下，竟然看不起吉岡拳法流？」

「我沒有看不起。現在和先師在世時，身爲室町將軍老師、任職兵法所，被世人譽爲天下第一的時代，已經不一樣了。志於武道的人士，如風起雲湧。不只京都，江戶、常陸、越前、近畿、中國，連九州邊境都出現不少名人高手。我的意思是說，不能因爲吉岡拳法老師很有名，就自我陶醉，認爲現今的小師父及其弟子都是天下第一，這種想法是錯誤的。這樣不行嗎？」

「不行！自己是兵法家，卻畏懼他人，眞是個卑屈的小子。」

「不是畏懼，俺是要告戒你，不要太驕傲。」

「告戒？……你有什麼能力可以告戒別人？」

說完，挺出胸膛。

對方一掌打在杯盤上。

「跟我卯上啦？」

「卯上了，又怎麼樣？」

祇園和植田兩人急忙勸架：

「別衝動嘛！」

又替雙方打圓場。

「好了，好了。」

「知道啦！我了解你的心情。」

兩人極力當和事佬，勸他們繼續喝酒。但是一個怒吼得更大聲，另一個則攀著植田老的脖子，說道：

「我眞的是爲吉岡一門著想，才直言不諱。如果大家都像那馬屁精一樣，先師拳法老師之名，也會荒廢掉的……會荒廢掉啊……」

說完，他嗚嗚地哭了起來。

妓女們見狀想逃開，不想慌亂中踢翻了鼓及酒瓶。

「妳們這些娘兒們！臭娘兒們！」

那人罵著，想到別的房間去，沒想到走到走廊便體力不繼，用兩手撐扶著，臉色蒼白，朋友連忙為他拍背。

清十郎沒醉。

藤次很會察顏觀色。

「小師父，您一定感到很沒趣吧？」

他輕聲問道。

「這些傢伙，這樣才高興嗎？」

「的確很掃興。」

「酒喝得眞無聊。」

「小師父，換一家比較安靜的地方，怎麼樣？我陪您去。」

這一來，清十郎像得救一樣，馬上接受藤次的提議。

「我想去昨夜那一家。」

「艾草屋嗎？」

「是的。」

「那裏的確很有茶屋的氣氛。我早就知道小師父喜歡那家艾草屋，沒想這些豬頭豬腦的跟了過來，礙手礙腳的，所以才故意找這家便宜茶館。」

「藤次，我們偷偷走吧！其他的交給植田去處理。」

「您假裝上廁所。我隨後就來。」

「我在門外等。」

清十郎擺脫這些同伴，巧妙地溜了出去。

陽光和陰影

1

一位半老徐娘，披散著剛洗完的頭髮，踮著白皙的腳跟，努力將被風吹熄的燈籠重新掛回原處。舉得高高的白皙手臂，映著燈影和黑髮，搖曳生姿。二月涼爽的晚風，透著梅花的香味。

「阿甲，我幫妳掛吧！」

不知是誰突然從後面出聲道。

「哎呀！小師父。」

「妳等一等！」

來到身旁的不是小師父淸十郎，而是弟子祇園藤次。

「掛這樣可以嗎？」

「勞駕您了！」

藤次看看寫著「艾草屋」這三個字的燈籠，覺得不正，又重新掛了一次。有些男人，在家裏從來不做事的，到了花街，卻有令人意想不到的親切、勤勞。自己開窗子，拿坐墊，非常勤快。

「還是這裏悠閒。」

清十郎一坐下就這麼說。

「安靜多了！」

「我來開門吧！」

藤次又開始動手做事了。

狹窄的走廊圍著欄杆。欄杆底下，高瀨川的流水潺潺流過。從三條的小橋往南走，分別是瑞泉院的大庭院，再來是昏暗的寺街，然後是茅原。世人仍然記憶鮮明，關白秀次及其妻妾孩子們被斬頭的惡逆塚，就在這附近。

「女人們不快點來，就顯得太冷清嘍……今夜好像沒別的客人嘛！阿甲這娘兒們在做什麼？連茶都還沒上。」

藤次的個性急躁，大概是催阿甲泡茶，逕自走到通往內屋的細廊。

「哎呀！」

迎面碰上一位少女，正端著泥金畫的茶盤，衣袖上繫著鈴鐺。

「噢！是朱實呀！」

「別把茶打翻了！」

「茶沒關係啦！妳喜歡的清十郎先生來了，為何不早點出來？」

「哎！眞的打翻了！快去拿抹布來，都是你弄翻的。」

「阿甲呢？」

「在化妝。」

「什麼？這麼晚才化妝？」

「因爲白天太忙了嘛！」

「白天？——白天誰來了？」

「誰來了跟你有什麼關係？讓開！」

朱實進入房間。

「歡迎大駕光臨。」

淸十郎正眺望一旁景色，沒注意到她進來。

「啊……是妳呀？昨晚謝謝妳的招待。」

他有點靦覥。

朱實從架子上拿下一支陶製菸口的菸管，放到類似香盒的容器上。

「老師您抽菸嗎？」

「菸？最近不是禁菸嗎？」

「但是，大家都偷偷地抽啊！」

「好吧！我抽抽看。」

「我幫您點菸喔！」

朱實從鑲著螺鈿的華麗小箱子裏拿出菸草，用白皙的手指把它塞進陶製菸管的口裏。

「請用。」

她把菸嘴遞到清十郎面前。

他抽菸的手勢十分生疏。

「好辣喔！」

「呵呵呵！」

「藤次到哪裏去了？」

「在娘的房間吧！」

「那傢伙一定喜歡阿甲。藤次經常瞞著我來這裏，是不是？」

2

「我說的沒錯吧？」

「您眞討厭。呵呵呵！」

「有什麼好笑？妳娘對藤次也有點意思吧？」

「那種事我不知道。」

「沒錯吧！一定是這樣……這不剛好嗎？兩對戀人，藤次和阿甲，我和妳。」

清十郎臉上表情正經八百，手卻蓋上朱實的手。

「討厭！」

朱實用力推開他的手。

被這麼一推，清十郎更加欲火中燒。朱實正要起身，他順手緊抱她嬌小的身軀。

「要去哪裏？」

「不要，不要……放開手！」

「嘿！陪我嘛！」

「拿酒……我要去拿酒來。」

「不拿酒也沒關係。」

「娘會罵我的。」

「阿甲呀！正在跟藤次談心呢！」

他的臉緊貼著朱實埋在衣領下的臉頰，使得她雙頰火熱，死命地轉向一旁：

「來人呀！娘！娘！」

朱實眞的大叫了起來。

清十郎才一鬆手，朱實拽著袖口的鈴鐺，像小鳥般逃到後面去了。她的哭聲雜和著裏屋一角的笑聲。

「啐……」
清十郎有些尷尬，有些寂寞，又有點苦澀，一副不知如何是好的表情。
「我要回去了！」
他一個人自言自語，走到走廊。帶著一臉不悅，正要走出去。
「咦？清老師！」
阿甲見狀，急忙抱住他。現在她已梳好頭，化好妝了。
阿甲抱著他，並大聲地喊藤次。
「別這樣！別這樣！」
好不容易讓他坐回原來的位子。阿甲立刻爲他倒了一杯酒，安撫他的情緒。藤次則把朱實拉了出來。
朱實看到清十郎面色凝重，輕笑一聲，低下了頭。
「快替清老師倒酒！」
「是。」
朱實端起酒壺。
「她就是這副德行。爲什麼我這女兒老是像個小孩呢？」
「這樣才好呀！含苞的櫻花。」
藤次也在旁坐下。

「可是，她已經二十一歲了呀！」

「二十一嗎？看不出有二十一了。她長得這麼嬌小——看起來只有十六、七歲。」

朱實像小魚般，表情活潑地說道：

「眞的嗎？藤次先生。好高興！眞希望能一直十六歲。因爲我十六歲的時候，發生了一件美好的事。」

「什麼事？」

「不能告訴任何人……就在十六歲的時候。」

她抱著胸。

「我那時在哪裏，你們知道嗎？關原之戰那年——」

阿甲突然拉下臉，說道：

「別吱吱喳喳的，盡說些無聊話。去拿三絃琴來！」

朱實嘟著嘴，站起身來。隨後彈的三絃琴，與其說是娛樂客人，不如說是沈醉在自己的回憶裏：

太美了　今宵

要是陰天的話　就讓雲遮住吧

遮住那淚眼相對的明月

「藤次先生，您知道這首歌嗎？」

「知道！再來一首。」

「眞想彈整個晚上呢！」

在黑暗中

也不會迷路的我

唉呀　卻讓他迷惑了

「哦！這樣妳確實已經二十一歲了。」

3

清十郎一直撐著額頭，沈默不語，好不容易恢復心情，突然說道：

「朱實，喝一杯！」

遞了一杯酒給朱實。

「好，我喝。」

她一點也沒推辭，乾了一杯。

「好！」

朱實立刻把杯子還給清十郎。

「妳酒量好像不錯！」

清十郎又斟了一杯。

「再喝一杯。」

「謝謝！」

朱實沒放下杯子。酒杯似乎太小了，換成大杯，可能也還無法盡興呢！

論身材，看起來只有十六、七歲的小姑娘，有張尚未被男人碰過的紅唇，還有一雙小鹿般羞澀的明眸。但是，這女人到底把酒喝到哪裏去了？

「不行呀！我這女兒喝多少也不會醉。還是讓她彈琴好了！」

阿甲說道。

「有意思！」

清十郎興致高昂地倒酒。

藤次眼看情形不太對，有點擔心。

「您怎麼了？小師父今夜喝多了。」

「沒關係。」

果然不出所料，清十郎沒完沒了。

「藤次，我今夜搞不好回不去了喔！」

說完又繼續喝。阿甲附和他的說法：

「好啊，想在這裏住幾天都可以。對不對？朱實！」

藤次使個眼色，悄悄把阿甲拉到其他房間，小聲地對她說，這下子傷腦筋了。妳看他痴心的樣子，不管如何，一定要朱實點頭。本人不要緊，倒是妳這個母親的意見比較重要。兩人認眞地商量，看看要付多少錢。

「這個嘛……」

阿甲在黑暗中，手指撐著濃妝豔抹的臉頰，仔細思考著。

「怎麼樣？」

藤次膝蓋靠過來。

「這事不錯吧！他雖是個兵法家，但是現在吉岡家裏可說是家財萬貫。再怎麼說，上一代的拳法師父長久以來都是室町將軍的老師。弟子的人數也是天下第一。而且淸十郎尙未娶妻，不管如何，這不是一樁壞事啊！」

「我也這麼想。」

「只要妳同意，她不會有什麼意見的。那麼，今夜我們兩人都住在這裏嘍！」

這房間沒燈火，藤次不客氣的抱住阿甲的肩膀。這時，突然聽到隔壁房間傳來聲響。

「啊？有其他客人嗎？」

阿甲默默點頭。然後用她濕潤的嘴唇，靠到藤次耳邊說道：

「待一會兒再來……」

這對男女若無其事地走出房間。清十郎已經爛醉如泥，藤次也在另一間房裏睡了。說是睡，其實根本無法成眠，心裏一直等著半夜的造訪。諷刺的是，到了天亮，後面房裏仍然靜悄悄的，藤次和清十郎的房間，連衣服的磨擦聲都沒有。

藤次很晚才起牀，一臉的臭相。清十郎則比他早起，在靠河的房間又喝了起來。阿甲和朱實坐在一旁，毫無異狀。

「那麼，您要帶我們去嘍？一定喔！」

他們好像在約定什麼事。

原來四條的河岸正在演阿國歌舞伎，他們正提到這件事。

「好，一起去吧！妳們先打點一下酒菜。」

「還有，也要先洗個澡吧！」

「好棒喔！」

今早，只有阿甲和朱實這對母女特別興奮。

4

最近，出雲巫子的阿國舞蹈風靡了整個城鎮。

有不少人模仿這個舞蹈團，自稱女歌舞伎，在四條的河岸架了好幾家台子，競逐奢華風流，舞碼有大原木舞、念佛舞、俠客舞等等，各舞團都追求獨創的特色。

佐渡島右近、村山左近、北野小太夫、幾島丹後守、杉山主殿等等，很多取了男性藝名的藝妓，女扮男裝，進出貴人官邸，也是最近的現象。

「還沒準備好嗎？」

時間已過中午。

阿甲和朱實爲了去看女歌舞伎，正仔細地化妝。淸十郎等得累了，臉又拉了下來。

藤次爲了昨晚的事，還在生氣，也不獻殷勤了。

「帶女人去是沒關係，但是出門的時候，還要講究什麼髮型啦，腰帶啦，對男人來說，眞是太麻煩了。」

「眞不想去了！」

淸十郎望著河川。

他看到三條小橋下方，有女人在曬衣裳，橋上有人騎馬通過。淸十郎想起了武館練習的情景。耳邊響起木刀、還有槍柄互擊的響聲。眾多子弟今天沒看到自己的蹤影，不知會說什麼。弟弟傳七郎也一定會責怪自己。

「藤次，回去吧！」

「事到如今，您怎麼這麼說……」

「可是……」

「已經讓阿甲和朱實這麼開心了，這下子她們會生氣喔！我去催她們快一點。」

藤次走出房間。

他看到房間裏散落著鏡子和衣裳。

「咦？她們在哪裏呀？」

也不在隔壁房間。

藤次來到一間採光不佳的房間，散發著棉被陰溼的味道。他毫不在意地把那房間也打開來看。

劈頭一聲怒吼：

「誰!?」

他不覺退了一步。仔細一看，房間有點昏暗，簡直無法跟前面的客廳相比，破舊的榻榻米潮溼不堪。他看到有個全身上下充滿流氓氣，約二十二、三歲的浪人躺在那裏，沒入鞘的大刀直接橫放在肚皮上，呈「大」字型，骯髒的腳底正好對著門口。

「啊……在下太莽撞了，您是這兒的客人嗎？」

藤次一說完——

「我不是客人！」

那個男人面向天花板，躺著怒吼。

一陣酒臭味從那人身上傳來。雖不知他是何方人士，但藤次知道絕不能惹他。

「哎呀！失禮失禮。」

藤次正要離開。

「喂！」

對方突然跳起來叫住他。

「把門關上！」

「是。」

藤次忍氣吞聲，順從地關上門。在浴室旁的小房間裏，替朱實梳好頭髮的阿甲，就像哪一家的貴婦似的，盛裝打扮，隨後出現在這間房裏。

「親愛的，在生什麼氣呀？」

阿甲用責備小孩的語氣說道。

朱實從後面問道：

「又八哥哥要不要去？」

「去哪裏？」

「去看阿國歌舞伎。」

「呸！」

本位田又八像吐口水般，歪著嘴唇對阿甲說：

「哪有丈夫跟自己老婆的相好一起出去的？」

5

仔細化妝打扮的一身盛裝——女人們陶醉在出門的喜悅裏。可是被又八這麼一說，心情全被破壞無遺。

「你說什麼？」

阿甲眼冒怒火，問道：

「我跟藤次先生，哪裏不對了？」

「誰說不對了？」

「剛才不就說了嗎？」

「……」

「一個大男人——」

阿甲瞪著這個滿臉灰暗，沈默不語的男人說道：

「只會嫉妬，眞令人厭惡！」

接著突然轉頭。

「朱實！別管那個神經病了，我們走吧！」

又八伸手拉住阿甲的衣裳。

「妳說神經病是什麼意思？——妳抓住老公還說什麼神經病？」

「你幹什麼？」

阿甲把他甩開。

「當丈夫的就要像個丈夫的樣子，做給我們瞧瞧嘛！你以為你在吃誰的呀？」

「什……什麼……」

「從江州出來以後，你有沒有賺過一文錢？還不都是靠我和朱實兩人過日子——你只會喝酒，每天醉生夢死，還有資格抱怨嗎？」

「俺不是說過，為了養家，即使是搬石頭的工作也願意啊！但妳卻說妳不要粗茶淡飯，不要過貧窮的生活。不讓俺做事，自己卻喜歡做這種賣笑行業。——別幹了！」

「什麼別幹了？」

「這種生意啊！」

「洗手不幹，明天要吃什麼？」

「即使去搬石頭蓋城牆，俺也可以養家。養兩、三個人算什麼！」

「如果你那麼喜歡搬石頭、拖木材的話，那就自己出去，自己過活，愛做什麼就做什麼，那不是很好嗎？你呀！骨子裏就是作州的鄉巴佬，去做粗活比較適合你吧？我不會勉強你留在這個家的。怎麼樣？不喜歡的話，隨時請便——」

在又八充滿懊惱淚水的面前，阿甲走了，朱實也走了。直到兩人的身影已完全消失，又八仍楞楞地盯著遠方。

又八眼淚如沸騰的開水，潸然落在榻榻米上。現在後悔已經來不及了，但是那時，伊吹山的一戶人家，願意藏匿在關原之役中負傷崩潰的自己，使他一時浸淫在人情的溫暖裏，就像重拾生命一般。然而實際上這跟落在敵人手中並無兩樣——堂堂正正被敵人抓去，闖入軍門，跟當多情寡婦的慰藉物、失去男人價値、悶悶不樂地在陰影下受人奚落和侮辱，到底哪個比較幸福？阿甲猶如吃了仙桃，青春永駐，充滿無止境的性欲，虛假卑劣。竟然在男人重生的歧路上，如此對待他。

「畜牲！」

「畜牲婆！」

又八身體顫抖著。

淚水溼透了衣服，他打心底湧上一股想哭的衝動。

爲什麼？爲什麼那時候不回宮本村呢？爲什麼不回到阿通的懷抱呢？

宮本村有他的母親。還有姊夫和姊姊，還有河原的叔叔。——大家都充滿溫情！

阿通所住的七寶寺，今天鐘也照常在響吧！英田川的水，現在仍然流著吧！河原現在該是鳥語花香的春天了！

「笨蛋！笨蛋！」

又八用拳頭搥著自己的頭。

「俺是大笨蛋！」

6

阿甲、朱實、清十郎、藤次——昨夜流連忘返的兩個客人和母女兩人，終於浩浩蕩蕩出了門。

大家異口同聲地說：

「哦！春天了！」

「馬上就要三月了呀！」

「聽說江戶的德川將軍家三月要上京來。妳們又可以大撈一筆了！」

「不行，不行。」

「關東的武士們不玩樂的嗎？」

「他們很魯莽的……」

「……娘，妳聽！是阿國歌舞伎的音樂聲呢……我聽到鐘聲，還有笛子的聲音。」

「哎——這孩子，老講這些話，魂都飛到戲院子裏去了！」

「可是……」

「妳還是先去幫清十郎先生拿斗笠吧！」

「哈哈哈哈！小師父，你們這一對可眞配呀！」

「討厭！……藤次先生！」

朱實一回頭，阿甲趕緊將衣袖下被藤次緊握著的手抽了回來。

——這些腳步聲和說話聲，都從又八的房間一旁流洩而過。房間和道路只隔著一層窗戶。

「……」

又八恐怖的眼神，從窗戶看著他們離去。這簡直是烏龜戴綠帽，他心裏充滿了嫉妒。

「這算什麼呀？」

他在昏暗的房間裏，再次跌坐下來。

「這是什麼醜態？眞沒面子！看我這副哭喪的臉，眞丟人！」

講這些都是在罵他自己——沒大腦！氣死俺了！太膚淺了——他對自己忿恨不滿，不斷責備自己。

「那娘兒們叫我滾出去，俺就堂堂正正地離開。俺有什麼理由留戀這個家，緊咬著不放呢？俺才二十二呢！正年輕有爲。」

一個人守在寂靜的屋裏，八又自言自語：

「我要離開這裏。」

嘴裏這麼說，身體卻沒有站起來的意思。爲什麼？他自己也搞不清楚，只覺得渾渾沌沌的，腦子裏一片混亂。

這一、兩年來過這種生活，又八也感覺到自己腦子變鈍了。他無法忍受自己的女人用當年迷惑自己的媚態，又去向別的男人獻媚。夜晚他無法成眠；白天也忐忑不安，不敢外出。只有在陰溼的房間裏，悶悶不樂，藉酒消愁。

這個老女人！

他嘗到憤怒的滋味。他要踢開眼前醜陋的一切，向天空伸展青年的大志。即使有點遲，但至少能夠浪子回頭。

可是……話雖如此。

一到夜晚，不可思議的魅惑阻擋了這些決心。她爲何這麼有魅力？那女人是個魔鬼嗎？盡管她叫他滾出去，說他討厭鬼、神經病，所有罵他的話，一到深夜都變成玩笑似地，那女人就會變成快樂的蜜糖。她已年近四十，卻有著嫣紅溼潤的雙唇，一點也不輸給朱實。

還有另一個原因讓又八無法離開。

要是眞的有一天離開這裏，在阿甲和朱實看得到的地方搬石頭，又八才沒這種勇氣。這種生活他已經過了五年，偷懶的習性早已滲透到骨子裏了。現在他身著絲綢，能辨別酒的好壞，宮本村的又八，已經跟以前那個樸實剛毅，充滿泥土味的青年判若兩人了。尤其是不到二十歲就和年長的女人有染，過著不正常的生活。他的青春，不知何時已失去活力，變得卑躬屈膝，委靡不振，也是想當然爾的事。

但是……但是今天可不一樣了。

「畜牲！我走了妳可別著急！」

他憤然地鼓舞自己，站了起來。

7

「俺要離開這裏！」

又八大聲說著，家裏沒人，沒人阻止他。

只有一把不離手的大刀，又八把它插在腰上，然後咬住嘴唇下定決心。

「俺好歹也是個男子漢。」

他平常就已養成不從掛著門簾的大門大大方方走出去的習慣，此時套上骯髒的草鞋，也是從廚房門口飛快地走了出去。

「這下子……」

又八的腳好像被釘住了一般，在早春冷冽的東風中，又八眨了眨眼。

——要去哪裏呢？

世間對他而言，就像渺不可測的海水一般。他熟悉的地方，只有故鄉宮本村，以及關原之戰的範圍而已。

「對了！」

又八又像狗一樣，潛入廚房門口，回到家裏。

「我得帶點錢走。」

他想到這點。

進了阿甲的房間。

小箱子、抽屜、鏡台，他碰到什麼就翻什麼，但就是沒找到錢，這女人早就料到會有這一天了。又八受了挫折，失望地跌坐在亂七八糟的女人衣裳堆裏。

紅絹、西陣織、桃山染，衣裳飄著阿甲的香味——她現在正在河岸的阿國歌舞小屋裏，跟藤次並肩看表演吧？又八眼中浮現她撩人的姿態和白色的肌膚。

「妖婦！」

從腦海裏不斷滲出來的，只有後悔的痛苦回憶。

但是最令又八痛切思念的，卻是被他遺棄在故鄉的未婚妻——阿通。

他無法忘記阿通。不，日子過得越久，越能瞭解那充滿泥土味，在鄉下答應要等自己的那分清純，他現在眞想合掌向她道歉，眞想見到她。

然而他跟阿通早已斷了緣分，他沒臉去見她。

「這也要怪那娼婦。」

現在才看清楚，已經太遲了。他以前老老實實地把阿通在故鄉等他的事說出來，阿甲聽到的時候，臉上露出婀娜的笑容，一副無關緊要的樣子，其實心裏嫉妬不已。終於找了個藉口，把這些事拿來吵，並逼他寫下跟阿通斷絕關係的書信。而且阿甲自己也寫了一封露骨的信，一併寄給在故鄉的阿通。

「啊，她會怎麼想呢?阿通呀，阿通!」

又八瘋狂地自言自語。

「現在她在做什麼呢?」

悔恨的眼裏，看到了阿通。看到阿通充滿怨恨的眼神。

故鄉宮本村，應該快要春天了!那令人懷念的山河。

又八想從這裏呼喚。那兒的母親，那兒的親戚，大家都充滿溫情。連泥土都暖和和的。

「俺已無法再踏上那塊土地了——這也都要怪那女人。」

又八把阿甲的衣箱打扁，衣服一件一件地撕破，撕破了就踢到地上。

——打從剛才就有人在敲門，他一直沒聽到。

「對不起。我是四條吉岡家跑腿的，小師父和藤次先生有沒有來這裏?」

「不知道!」

「不，應該來了才對。我知道到他們私遊的地方來找人，是太莽撞了。但是，現在武館出了一件大事，事關吉岡家的名聲——」

「囉嗦!」

「不，您幫我轉達也可以……有個但馬人士，叫宮本武藏的武術修行者來到武館，門徒中無一人可應付。那人很頑固，一定要等小師父回來，待在那兒不肯走。所以請您轉告他，請他盡快回去。」

「什麼？宮本？」

優曇華

1

今天對吉岡家來說，是個凶惡的日子。

自從在西洞院西邊的路口創立了四條武館以來，今日可說是受到了最大的侮辱，使得兵法名門名聲掃地，應該銘記在心——有心的門徒，一臉沈痛。平常到了黃昏，武館門徒都紛紛回家去，但是現在，有的羣集坐在休息室地板上，無言以對；有的烏鴉鴉的羣集在一室，沒有一個人回家去。

要是聽到門前有轎子聲，就會有人說：

「回來了吧？」

「是小師父吧？」

大家立刻打破沈默，站起來看個究竟。

一直靠在武館入口柱子上的人，卻重重地搖搖頭，說道：

「不是。」

聽到這個回答，門徒們又重新掉入憂鬱的泥淖裏。有的人咋舌，有的人大聲嘆息，旁邊的人也聽得一清二楚，在昏暗中，個個閃著懊喪的目光。

「到底怎麼樣了？」

「眞不巧，今天小師父不在！」

「沒人知道小師父的行蹤嗎？」

「不，已經派人分道去找了，也許已經找到，正在回家途中。」

「噓！」

——有個醫生從裏面房間出來，幾個門徒默默地送他走出玄關。醫生一走，那些人又沈默地退回室內。

「你們忘了點燈嗎？來人呀！誰去把燈點上？」

有人生氣地怒吼著。這是對自己受了侮辱，卻無能反擊所發的怒吼。

武館正面有一個「八幡大菩薩」的神龕，有人立刻點上燈火。然而，連那燈火也像失去燦爛的光芒，看起來就像忌鬥之火，籠罩著不吉利的氣氛。

——想一想，這數十年，吉岡一門未免太過於風調雨順！一些老門徒裏面，也有人這麼反省。

先師——這四條武館的開山始祖——吉岡拳法，跟其長子淸十郎及其次子傳七郎的確是天壤之別。本來拳法只是染房的一個工匠，從塗抹定型糊的方法，發明了大刀刀法，接著習得高明的鞍馬僧長刀法，還研究八流劍法。最後，終於創立吉岡流小太刀刀法，並獲當時室町將軍足利家的採用，晉升爲兵法所的一員。

先師好偉大呀！

今日的門徒，不時這麼追悼已故的拳法老師及其德望。第二代的淸十郎及其弟傳七郎，不但習得不亞於其父的家傳武術，也同時繼承了拳法所留下來的龐大家產和名聲。

「這就是禍源。」

有人這麼說。

現在的弟子，不是追隨淸十郎的德望，而是追隨拳法的德望和吉岡流的名聲。因爲只要是在吉岡家完成修業的人，就可以在社會上通行無阻，所以門徒才會日益增多。

足利將軍家滅亡之後，淸十郎這一代雖然已經沒有俸祿了，但是，拳法不喜玩樂，因此積了很多財產。再加上宏偉的宅邸，以及衆多的弟子，在日本的京都也算稱霸最多時的。姑且不論其本質如何，光憑外觀，就足以風靡崇尙劍道的社會了。

——然而，在牆內的人仍陷溺於自誇、自傲，就在享樂無度的幾年當中，時代已經在白色的巨大牆垣外物換星移。

直到今天，武館受到莫大的侮辱，才使這些自傲的眼睛睜亮——他們被一個沒沒無聞的鄉下人宮本武藏用劍給打醒了。

2

事情的起因是這樣的。

——作州吉野鄉宮本村的浪人宮本武藏。

門房來通報，有這麼個鄉下人來到武館。問是怎麼樣的一個人，回答說：年約二十一、二歲，身高近六尺，像一隻從黑暗中突然跑出來的牛。頭髮隨便綁成一束，好像整年都沒梳理過地糾纏在一起。衣服已被雨露沾汚不堪，甚至分不清是素面還是碎花紋、是黑色還是茶色，好像還可以聞到他一身的臭味。背上斜背著一個俗稱武者修業袋的百寶袋，看來是最近頗盛行的修行武者，但有些滑稽可笑。

這還不打緊。要是他只是來廚房討個飯吃也就罷了，沒想到他看到這巨大的門戶，竟然說希望跟當家的吉岡清十郎老師討教。門徒聽了差點噴飯，有人說把他攆走，也有人建議問清楚他是什麼流派，師事何人？門房半開玩笑地向他問了這些問題，他的回答更令人叫絕。

——年少之時，跟父親學鐵棍術。以後，向每一位來到村裏的兵法家請益。十七歲離開故鄉，十八、十九、二十這三年，因故只修習學問。去年一整年獨自一人躲在山裏，以樹木和山靈爲師，自己進修，無師無派。將來，想要汲取鬼一法眼的眞傳，參酌京八流的眞髓，效法創立吉岡流的拳法老師，創立宮本流。目前雖然力有未殆，但會致力於此目標。

那人說話的態度老實，不失一般禮儀。可是他不但舌頭生硬且帶著濃濃的鄉音，一副笨拙的樣子。

門房學他說話的樣子，把大家笑得東倒西歪。

敢到天下第一的四條武館來，已經是個迷糊蛋了，竟然還說要效法拳法老師創立流派，實在太不自量力。到此爲止也就罷了，可是，他卻進一步問有沒有人能收屍的？而且那人又半開玩笑似地向門房說：

「萬一發生事情，要收屍的話，大可以丟到鳥邊山，或者丟到加茂川跟垃圾一起流走，絕不會死不瞑目的。」

這豪爽的口氣，跟他遲鈍的外表極不相稱。

「上！」

有一人開口喊道，開啓了事端。他們準備把他抓到武館裏打個半死，再把他丟出去。然而，第一回合下來，半死的卻是武館的人。第一個上場的人被他用木劍打斷手腕，受了重傷。與其說是被打斷，不如說是被折斷，只剩皮膚接著下垂的手腕。

門徒一個接一個上去跟他搏鬥，幾乎每個人都受重傷，徹底慘敗。雖然他用的是木劍，卻滿地鮮血。到處殺氣騰騰，好像即使吉岡的門徒被殺得片甲不留，也不能讓這無名的鄉巴佬活著回去向世間誇耀。

——再這樣下去，也不是辦法，請清十郎老師出來吧！

武藏沒有達到這個目的，是不會離開的。門人無可奈何，只好安排他在一個房間裡等候，並派人去找清十郎。另外又差人找醫生來，在後面治療重傷的人。

那醫生回去之後沒多久，後面房間傳來兩、三聲呼喚負傷者名字的聲音。武館弟子們趕緊跑過去一看，重傷並躺的六人當中，已經有兩名不治死亡。

3

「……沒救了嗎？」

圍在死者旁邊的同門師兄弟，大家臉色蒼白。

此時，一陣急促的腳步聲，從玄關經過武館，來到屋裏。

原來是吉岡淸十郎帶著祇園藤次回來了。

兩人臉色極爲沈重。

「這是怎麼一回事？看你們這副德行！」

藤次不但是吉岡家的用人（譯註：負責會計，雜物等的人），也是武館的老前輩。所以不管什麼場合，他的語氣一直都帶著權威。

在死者旁邊淚眼潸潸的門徒，抬起憤怒的眼睛：

「這句話應該問你。都是你引誘小師父出去的，做壞事也要有點分寸！」

「你說什麼？」

「拳法老師在世的時候，可從來沒一天像這個樣子！」

「只是偶爾去看看歌舞伎，散散心，有什麼不對！膽敢在小師父面前用那種口氣說話！太放肆了！」

「看女歌舞伎，一定要前一天就在那兒過夜嗎？拳法老師的牌位，在後面的佛堂裏哭泣呢！」

「你這傢伙，說話小心點！」

爲了安撫這兩個人，衆人把他們分別帶開，一時之間大家七嘴八舌起來，突然，從隔壁房間傳來聲音：

「……吵……吵死人了……不知道別人受傷有多痛苦嗎……哎──哎……哎──哎。」

有人在呻吟。

「別起內鬨了，既然小師父已經回來了，就請他快點雪今日之恥吧……還有……可別讓那個在後頭等的浪人活著離開這裏喔……行嗎？拜託了！」

有一個傷者躺在棉被裏，手打著榻榻米激動地喊著。

雖然傷不至死，但在武藏木劍下，手腳被打傷的人，聽到這話之後，也振奮起來了。

對！

衆人都有受辱的感覺。當時的社會中，除了農、工、商之外的階級，他們平常最重視的莫過於「恥辱」這件事，如果受了恥辱，甚至隨時都願意以死雪恥。當時的掌權者，因爲戰亂不斷，還沒擬出太平時期的政綱，只有京都改行市政，用不甚完備的法令治理世間。雖然如此，士人階級注重恥辱的風氣鼎盛，農民和一般老百姓也自動自發地尊崇此風，還影響社會治安。所以，光靠市民的自治力，就足夠彌補法令的不足。

吉岡一門上下，總算尚知羞恥，還不像末世之人般厚顏。所以，當他們從一時的狼狽和失敗中甦醒時，腦子裏立刻燃起怒火——

這是家門之恥。

大家都放下小我，一起聚集在武館內。

他們團團圍住淸十郎。

但是，淸十郎偏偏在今天顯得毫無鬥志。昨夜的疲倦，還留在眉宇之間。

「那個浪人呢？」

淸十郎一面繫上皮製的束袖帶，一面問門人拿出兩把木劍，他選了一把，用右手握住。

「他說要等您回來，我們只好照他的意思，讓他在房間等著。」

有個人指著庭院對面書房隔壁的小房間。

4

「叫他過來。」

淸十郎乾涸的嘴唇迸出了這句話。

他準備接見那個人。他坐上武館的師父用椅，用木劍拄著。

三、四人回答，立刻在武館旁穿上草鞋，沿著庭院，跑向書房的走廊。祇園藤次及植田等資深門徒，突然抓住他們的袖子，說道：

「是。」

「等一等，別貿然行事。」

然後附在他們耳邊說了些悄悄話，淸十郎離得稍遠，聽不到內容。只看到以吉岡家的家人、親戚、資深門人爲中心，擠滿整個休息室，分成好幾組，頭靠著頭，對不同的意見議論紛紛。

——雖然如此，商量似乎立刻有了結果。有一大批爲吉岡家著想，而且非常瞭解淸十郎實力的人認爲，把在裏面的無名浪人叫出來，在此無條件的跟淸十郎交手，是下下策。眼前已經有幾個死者及傷者，萬一連淸十郎也敗給他，將是吉岡家的致命傷，實在太冒險了。

大家心想，要是淸十郎的弟弟傳七郎在的話，就沒這些顧忌了。但是，很不巧傳七郎從今早就不在。大家看得很淸楚，這個弟弟在武術的天分上比哥哥好，但是因爲他身爲次男，不必負什麼責任，所以一直過得很悠哉。今天也只說要和朋友到伊勢，沒說明歸期就出門了。

「附耳過來。」

藤次終於走到淸十郎身邊，不知耳語些什麼。淸十郎臉上出現難堪的受辱神色。

「偷襲？」

「……」

藤次以眼示意，淸十郎生氣地說：

「如果用那麼卑鄙的手段，淸十郎的名聲豈不掃地。世人會說我懼怕一個武功平平的鄉下武夫，以多欺寡，求得勝利。」

「好了、好了……」

藤次打斷淸十郎強裝出的堅毅言詞，說道：

「交給我們就好了，我們來處理。」

「你們這些人，是不是認爲我淸十郎會敗給那個叫武藏的人？」

「不是這樣，大家都認爲，一個不起眼的敵人還要由小師父出面，未免太小題大作了——這也不是什麼値得向外界宣傳的事……再說，如果讓進了網的魚給溜走了，這才是家門之恥，也會被世間所取笑。」

藤次說這些話的時候，原來聚滿武館的人，已減了一大半——他們像蚊子般靜悄悄地分散到院子、內室，有的則從玄關繞回後門去。

「啊！已經不能再猶豫了，小師父！」

藤次呼——的把燈火吹熄。然後解開繫刀的帶子，把袖垂綁上去。

淸十郎依然坐著眼看著這一切，內心是鬆了一口氣，但是可一點也不愉快，因爲這表示自己的能力被輕視了。淸十郎想到自從父親死後，自己就一直偷懶，心情非常沈重。

——那麼多的門徒和家人，到底躱到哪裏去了？武館裏只剩他一人。整個宅第充滿了無聲的陰暗和淫冷的氣氛，就像在井底一般。

清十郎按捺不住，終於站了起來，從窗戶窺視門外動靜。除了武藏所在的房間有燈光之外，其他地方一片漆黑。

5

格子門裏的燈火，不時閃動著寂靜的光芒。

屋簷下、走廊，還有隔壁的書房，除了這間映著微弱燈影的房間之外，其他地方全都一片漆黑。無數的眼睛像蟾蜍一般，在黑暗中徐徐地爬了過來。

大家屏住氣息，暗握著刀刃，聚精會神地傾聽房內的動靜。

「……」

奇怪了？

藤次猶豫不前。

其他的門徒也停住腳步。

——宮本武藏這個名字，雖然在京都裏連聽都沒聽過，但武功的確高強。現在爲何會按兵不動？只要他懂一點兵法，不管多麼擅長忍耐，也不會對已迫近到室外的敵人無動於衷的。以兵法的身分在現今的世間行走，如此粗心大意，只怕一個月賠一條命也不夠。

——是不是睡著了？

這是最有可能的情況。

也許他等得太久，就這樣累得睡著了。

但話說回來，如果他出人意料，是個高深莫測的人，說不定早就察覺這邊的動靜，已經做好萬全的準備，故意不剪燭花，等敵人一來再給他們致命的一擊。

可能是這樣……不，就是這樣！

這一來，每個人的身體都僵住了，自己的殺氣先打倒自己人了。因爲大家都在擔心不知誰會先犧牲呢！藤次考慮到這點，所以清清喉嚨叫道：

「宮本氏！」

他在格子門旁邊故作輕鬆狀，說道：

「讓您久等了。想請您出來見個面……」

可是仍然寂靜無聲。藤次更加確定，敵人一定有所準備。

別大意！

他用眼神向左右的人示意，然後砰——一聲地踢翻紙門。

結果，本來應該立刻跳進去的人影，全都下意識地往後倒退。那扇紙門倒在離軌道兩尺左右的地方，斷成兩截。衝呀！有人大喊。這一來，大家才一起衝進去，震得四面的門牆咔咔作響。

「咦？」

「他不在！」

在搖曳的燈光下，大家的聲音突然變得神勇起來了。

「根本不在嘛！」

剛才門徒拿燭台來的時候，他還端坐在房間裏。那張坐墊還在，火盆也還在，送來的茶水沒喝，已經冷了。

「被他逃走了！」

有一人到走廊告知在庭院裏的人。

這一來，從院子暗處或地板下，不斷冒出人影來，大家都跺著腳，直罵看守的人太疏忽大意。

看守的門人都異口同聲辯解。他們看到他曾上一次廁所，回房間後就沒再出來了。大家都說武藏絕對不可能離開這個房間，這眞令人百思莫解。

對於這些辯解，有人嘲笑說：

「他又不是一陣風……」

有人把頭伸到壁櫥裏，指著地板上的一個大洞說道：

「啊！在這裏。」

「如果是點了燈之後才跑掉的，應該跑不了多遠。」

「追呀！打呀！」

這些人猜想敵人是個懦夫，立刻興奮起來。大家從小門、後門，爭先恐後擠到外面去。

接著，有人大叫「在那裏」。隨著聲音，大家看到有個人影從前門的矮牆陰影中跳了出來，穿過大路，隱沒在對面的小路。

6

那人像隻脫兔，四處逃竄。路的盡頭有個土堆，那男人的身影像隻蝙蝠掠過土堆，往旁邊逃走了。雜亂的腳步聲，夾著此起彼落的吼聲，從後面追趕上來，也有人繞到前面去。最後來到空也堂跟本能寺燒毀後遺跡的昏暗地區。

「膽小鬼！」

「不知恥的傢伙！」

「嘿！嘿！跑在前面的！」

「喂！給我回來！」

捉到了。被捕的男人被大家拳打腳踢，發出了呻吟聲。但是，這個走投無路的男人，猛然跳了起來，奮力抓住兩、三人的領子，拖著他們的身子，把他們摔倒在地上。

「啊！」

「這傢伙……」

那人正要打得他們頭破血流的時候，有人叫道：

「等一等！等一等！」

「找錯人了！」

有個人叫了起來。

「啊？」

「他不是武藏。」

一陣啞然，大家鬆了一口氣，姍姍來遲的祇園藤次問道：

「抓到了嗎？」

「抓是抓到了……」

「咦？這個男人……」

「您認識他嗎？」

「在一個叫艾草屋的茶店後面──而且是今天早上才剛見過。」

「哦……」

大家用懷疑的眼光，一聲不響地從頭到尾打量正在整理衣衫的又八。

「是茶店的老闆嗎？」

「不是，那裏的女侍說他不是老闆。大概是他們的親戚吧！」

「這傢伙眞奇怪，沒事幹嘛站在人家門口偷看。」

藤次突然邁開腳步。

「跟這種人糾纏下去，會讓武藏跑掉了。快點分頭去追，至少要知道他住在哪裏。」

「對啊！查清楚他落腳的地方。」

又八低著頭，默默地望著本能寺的大水溝，聽著雜亂的腳步聲，突然叫住他們。

「啊！喂！等一下！」

殿後的一人問道：

「什麼事？」

那人停下腳步，又八跑上前來：

「今天來武館叫做武藏的人，差不多幾歲？」

「不知道。」

「跟你沒相差多少吧？」

「嗯！差不多。」

「他有沒有說他的故鄉是作州的宮本村？」

「有。」

「名字是不是『武藏』(takezou)這兩個字？」

「你問這些幹嘛？你認識他嗎？」

「不，沒什麼。」

「沒事亂跑，才會惹來麻煩！」

丟下這一句，那人也往暗處跑去。又八沿著陰暗的水溝，慢吞吞地走著，不時抬頭望望星空，好像不知該往何處去。

「……應該是他。他改了名字的念法，開始修行當武者了……他一定變了很多……」

又八雙手插在前面的腰帶上，草鞋踢著石頭。一顆顆的石頭，映出了他友人武藏的臉龐。

「……眞不是時候，現在要是跟他碰了面，怎麼說都沒面子。俺也有自尊心，怎能被那傢伙歧視？……但是話說回來，要是他被吉岡的子弟找到，一定會沒命的……他在哪裏呢？眞想去通知他。」

坡道

1

有幾間長滿苔蘚的木板屋，像參差不齊的牙齒，並排在滿是石頭的坡道。

空氣中瀰漫著醃魚的臭味，午後的陽光異常刺眼。從一間破屋子裏，傳來女人河東獅吼的聲音：

「你放著老婆兒子不管，還有臉回來？你這個酒鬼！臭老頭！」

隨著叱罵聲，一個盤子飛到路上，碎成一攤，接著，有個年近五十，工人模樣的男人也衝出門外。

他的老婆光著腳，一頭亂髮，裸著胸，晃著兩粒像乳牛般的大奶子，罵道：

「你這個死老頭！要到哪裏去？」

她飛奔而出，揪著老頭的鬍子，抓著他不放，砰砰地毆打他的身子。

小孩子像屁股著了火似哭個不停。雞飛狗跳，附近的人家急忙趕來勸架。

——武藏轉過頭去看個究竟。

看到這情景，斗笠下的臉一陣苦笑。從剛才他就一直站在隔壁的陶瓷廠前，像個小孩忘我地看著轆轤和小竹板轉動的情形。

「……」

他的眼睛立刻轉回陶瓷廠，又看得出神了。雖然如此，工作中的兩個陶藝師，頭也不抬，全神貫注在陶土裏，好像把魂都一起捏進去一樣，處於忘我的境界。

武藏在路旁看得出神，心裏也想捏捏看。從小時候起，他就很喜歡陶藝。他想，做個碗應該沒問題吧！

但是，仔細看其中一個年近六十的老翁，用小竹刀和手指頭熟練地塑著一個將近完成的碗，武藏又突然感到自己能力不足。

如果要做到這種程度，需要很大的技巧。

最近武藏的內心開始對事物有所感動。也就是對人的技術、才藝，所有優秀的能力，都有了尊敬之心。

自己連做點類似東西的能力都沒有——他剛才也清楚地領悟到一點。陶瓷廠的一角有塊門板，上面放著盤子、花瓶、酒杯、盛水器等雜物，標著便宜的價錢，賣給往來清水寺進香的人。

——光是做這些便宜貨，就必須投入這麼多的心血和精神。武藏心想，自己一心所繫的劍道，還有好長一段路要走呢！

事實上，這二十幾天來，從吉岡武館開始，他走遍幾個著名武館，觀察的結果頗令他意外。同時，也開始清楚自己的實力，不必自卑，甚至還蠻能自誇的。

他一直以爲府城之地、將軍舊府，以及所有名將和強卒聚集的京都，必是個高手雲集的地方，所以一一走訪。沒想到卻沒有一家武館能讓他五體投地，心服口服。

武藏一次又一次帶著落寞的心情走出這些兵法家的大門。

是俺太強了，還是對方太弱了？

他還不太能斷定。如果這些日子拜訪過的兵法家，就是當今的代表人物，那他對所謂的現實社會，就要抱持懷疑的態度了！

但是——

眼前的情景讓他領悟到，不能就此以偏概全。因爲，仔細觀察下，就連製作二十錢或一百錢雜器的老翁，也能讓武藏感受到忘我的藝能和技術的境界，不禁令人惶恐。然而這樣的技師還是過著有一餐沒一餐的貧困生活，社會實在不是那麼容易生存的。

「……」

武藏默默地在心底向那位捏陶的老翁致敬，然後離開了那棟房子。仰望坡道，淸水寺的崖道已然可見。

2

「浪人！這位浪人！」

武藏正要爬上三年坡時，有人叫住他。

「叫我嗎？」

轉頭一看，有個男人手拄竹杖，光著小腿，腰上綁著布棉襖，臉上滿是鬍子，問道：

「您是宮本先生嗎？」

「是的。」

「您大名武藏？」

「是的。」

「謝謝！」

那男人轉身，逕自往茶碗坡的方向走去。

武藏放眼望去，看到那人走進一間像是茶店的屋子。這一帶的向陽處，聚集了很多像剛才那人的轎夫，武藏方才就碰到不少，但是，到底是誰要他來問自己的名字呢？

他想，稍後主人可能會出現，便站在那兒等了一會兒，結果正主兒還是沒出現。

他只好繼續登上坡道。

武藏在附近的千手堂和悲願院等處繞了一回。他祈禱：

請保佑留在家鄉，那孤苦伶仃的姊姊。

又祈禱：

請用苦難來考驗遲鈍愚笨的武藏，請賜我一死，或是賜給我天下第一劍的能力。

他拜了神、佛之後，內心感到暢快無比。這是印證澤庵無言的教誨以及後來從書本當中學到的知識。

他來到崖邊，脫去斗笠。

從這裏可以一覽無遺地俯瞰整個京都。他抱膝坐在那兒，身旁有一片筆頭菜，長得非常茂盛。

突然，有一股單純的野心充滿了武藏年輕的胸懷——眞想擁有偉大的生命……既然生爲人，就該如此。

此時，武藏正在描繪他的夢想，而這跟那些走在爛漫春光中來參拜的人和遊客們的夢可能大不相同吧！

在天慶年間——人們傳說——平將門和藤原純友兩個都是放蕩不羈、像匹悍馬的野心家，曾經約定，成功之後要平分日本。他不記得是在哪本書裏讀過，當時他認爲這種無智無謀之舉實在可笑。但是，現在卻一點也笑不出來，因爲他也抱著類似的夢想，雖然跟他們的不一樣。他認爲只有青年才擁有這種權利，他夢想能創造出屬於自己的道路。

他想：

信長如此。

又想：

秀吉不也如此嗎？

但是，藉戰爭求取發展，已是過去的夢想，時代渴望的是久違的和平。而一想到家康完成這個大任務的過人耐力，也令武藏領悟到，要完成正確的夢想，還眞是不容易呢！

在如今的慶長時代，抱著嶄新的生命要學習信長，可能爲時已晚，要像秀吉那樣，也不容易。但是誰也不能阻止他擁有夢想。剛才離開的那位轎夫，一定也有其夢想。

話雖如此——武藏暫且把這些夢想拋諸腦後，重新思索起來。

劍——

自己的道路，就在劍上。

信長、秀吉、家康都是如此。社會在這些人走過的路旁，發展出旺盛的文化和生活。但是，家康的晚年卻已完成了超越時代的大幅度革新和躍進。

由此看來，從東山遙望的京都，絕不會再像關原之戰以前那樣風起雲湧了。

時代不同了！時勢已和信長或秀吉所追求的大不相同了！

從今以後，就是劍和這個社會。

劍和人生。

武藏恍恍惚惚地沈思著。

從今以後，一定要讓自己的夢想跟自己立志追求的劍術互相結合。

正想著，突然看到剛才那個像木雕螃蟹般的轎夫又出現在崖下，用竹杖指著武藏說道：

「啊！他在那裏。」

3

武藏瞪著崖下。

在崖下的轎夫七嘴八舌地嚷著：

「哦！他瞪著這兒看呢！」

「他開始走動嘍！」

大家一陣騷動。

對方一個跟著一個爬上懸崖，武藏假裝不在意，轉身欲走，沒想到前面也有他們的同夥，有的交疊雙臂抱胸，有的拄著枴杖，遠遠地圍成一圈，堵住去路。

武藏停住腳步。

「……」

他轉身一看，羣集的轎夫也停住腳步，咧著一口白牙說道：

「你看！他在看那匾額哩！」

說完，大家都笑了。

武藏站在本願堂石階前，抬頭仰望懸掛在舊梁上的匾額。

眞不舒服！他想大罵一聲，但是跟這些轎夫過不去也太無聊了。而且，如果是他們認錯人，等一下自會離去。所以他忍著，一直仰望匾額上的「本願」兩個字。突然，轎夫們低聲耳語：

「啊！出來了！」

「老婆婆他們來了！」

大家立即互使眼色。

仔細一看，此刻清水寺西門的門口已經擠滿了人。參拜的人也好，和尚也好，連小販們都一副等著看好戲的表情，在圈住武藏的轎夫背後，又圍了兩、三層人牆。他們用好奇的眼光，注意事態的發展。

就在此時——

「喝嘿！」

「嘿喲！」

「喝嘿！」

「嘿喲！」

從三年坡底附近傳來一聲接著一聲的洪亮喊聲。不一會兒，就看到有位轎夫背著年約六旬的老太婆出現在路的盡頭。接著，在她後面又出現一個其貌不揚也年過五十的鄉下老武士。

「可以了！可以了！」

老太婆在轎夫背上精神飽滿地揮著手。

那轎夫屈膝跪在地上，讓她下來。

「辛苦了！」

老太婆道了謝，從那人背上噗——地跳了下來，對後面的老武士說道：

「權叔呀！這次不能再大意了！」

她的聲音中氣十足。

這兩個人正是阿杉婆和淵川權六。兩人從頭到腳，一副赴湯蹈火在所不辭的打扮。他們用洪亮的聲音問道：

「他在哪裏？」

「對方呢？」

他們一面抹去刀柄上的汗水，一面穿過人牆。

轎夫們說道：

「老人家！那人在這邊。」

「可別太急了！」

「敵人看來很頑強喔！」

「您可要準備充分呀！」

大家聚集過來，有的擔心，有的心生憐憫。

旁觀的人都很驚訝。

「那老太婆要跟那年輕人決鬥啊？」

「後面的幫手，也老態龍鍾了耶！是不是有什麼特別的理由啊？」

「好像是吧！」

「可能吧！」

「你看，她好像在罵後面那個人喔！這老太婆未免太嘮叨了。」

有個轎夫不知從哪裏弄來了一瓢水給阿杉婆，她咕嚕一口喝完。然後把它交給權叔，對他說道：

「你在慌什麼呢？對方不過是個乳臭未乾的小鬼。雖然他會點劍法，他的底細我可清楚得很！放輕鬆點。」

——接著，阿婆站到最前面，走到本願堂的台階前。本以爲她會一屁股坐下來，沒想她從懷裏拿出念珠，無視於站在另一端的敵人武藏——也不管環視她的羣眾——開始念念有詞祈禱起來。

4

權叔也學阿杉婆的樣子，雙手合掌祈禱。

可能是太過於悲壯，羣眾反而感到有點滑稽，不禁噗嗤一聲笑了出來。

一個轎夫朝著發出笑聲的地方怒聲罵道：

「是誰？誰在笑？」

另外又有人說道：

「有什麼好笑的？現在可不是笑的時候喔！這兩位老人家遠從作州來到此地，爲的是追趕搶走兒子新娘的傢伙，剛才還特地來這淸水寺拜拜呢！他們在茶碗坡等待那個大混蛋已經五十幾天了，終於皇天不負苦心人呀！總算讓他們找到了。」

又有一人接著說：

「武士的骨氣的確不同凡響。這一大把年紀，要是留在家鄉，應該是含飴弄孫、愉快地養老。他們卻出來流浪，替兒子湔雪家恥，實在令人佩服。」

話才說完，馬上又有一人開口：

「咱們每天都從老人家那兒拿酒錢，受他們照顧，怎麼能吝於助他們一臂之力呢？這把年紀還要向年輕浪人挑戰，讓人看了於心不忍呀！濟弱扶傾是人之常情，是理所當然的。如果老人家輸了，咱們大家都要替她報仇喔！好不好啊？」

「當然好！」

「難道我們忍心讓老婆婆去挑戰嗎？」

聽完轎夫們的說明，羣眾也熱血奔騰，騷動起來。

「打呀！打呀！」

有人開始煽動。

「話說回來，那阿婆的兒子呢？」

有人問。

「她兒子嗎？」

轎夫當中好像也沒人知道。有人說大概死了吧！也有用權威的語氣說，不！現在生死未明，正在尋找。

這時候，阿杉婆已經把念珠收到懷裏。轎夫和羣眾同時鴉雀無聲。

阿婆左手握著腰邊的短刀，大叫：

「武藏！」

這段時間，武藏一直默然佇立——隔著大約五米半的距離——像個木頭人一樣，站在那裏。

權叔也在老太婆身旁擺好架式，叫道：

「喂！」

「……」

武藏似乎不知道該回答什麼。

雖然他想起了在姬路城下跟澤庵分手的時候，澤庵提醒他的事。但轎夫們對羣眾散播的話，還是讓武藏非常意外。

還有，本位田一家人從以前就一直懷恨武藏，也令他非常意外。

——然而，這些只不過是鄉下人的面子和感情罷了。要是本位田又八在這裏，一切就眞相大白了。

但是武藏現在不知所措。他不知如何處理眼前的情況，面對龍鍾老婆婆和老朽武者的挑戰，他實在不知如何是好。只好一直沈默不語，一臉爲難。

轎夫們看此光景，說道：

「活該！」

「害怕了吧！」

「像個男子漢，跟老人家打呀！」

眾人叫罵不止，在一旁聲援。

而阿杉婆似乎動了肝火，眼皮眨個不停，用力搖著頭，對轎夫們說道：

「囉嗦！你們只要在一旁當證人就夠了。我們兩人要是陣亡了，可要把我們的骨灰送回宮本村喔！只有這點要拜託你們。除此之外，不准廢話，也不准插手。」

說完，抽出短刀，瞪著武藏，向前跨一步。

5

「武藏——」老太婆又叫一次。

「你本來在村子裏叫新免武藏，我這阿婆叫你惡藏。聽說你現在改了名字，叫宮本武藏——這名似乎很了不起呢……呵、呵、呵！」

她搖著滿是皺紋的脖子，在拔刀之前，想先聲奪人。

「你以爲改了名字，我這老太婆就找不到你了？眞幼稚！老天爺幫我，你逃到哪裏，就指引我到哪裏……來吧！看是你高明，取走阿婆的頭，還是由我了結你的生命，我們拚個勝負吧！」

權叔也扯著沙啞的聲音說道：

「你被趕出宮本村已經五年了。你可知道，我們爲了找你費了多少工夫？這回來清水寺拜拜，在此碰到你，的確令人欣慰。別以爲我老了，淵川權六不會輸給你這個小鬼的。你覺悟吧！」

他拔出刀來，白光一閃，說道：

「阿婆，危險喔！躲到我後面！」

他護著她。

「你說什麼？」

老太婆反而斥罵權叔：

「你才要注意，你是中過風的人，留神腳底下別摔著了。」

「什麼！清水寺的眾菩薩會保佑我！」

「沒錯，權叔，本位田家的祖先也在後頭助陣呢！別怕。」

「武藏！殺！」

「殺！」

兩人從遠處一起殺過來了。然而，武藏來個相應不理，像個啞巴默不作聲。阿杉婆見狀，說道：

「怕了吧？武藏！」

她緩緩地繞到他旁邊，正想一刀砍下去，沒想卻絆到了石頭，跌在武藏腳邊。

「啊！她被砍傷了！」
周圍的人牆突然一陣騷動。
「快點幫她忙呀！」
有人大叫，權叔卻失了神，呆呆地瞪著武藏。
——雖然如此，阿婆的確神勇，她立刻拾起掉地的短刀，自己站起來，奔回權叔身後，馬上又轉身面對武藏，重新擺好架式。
「笨蛋！你的刀是裝飾品嗎？沒膽子砍呀？」
一直面無表情的武藏，這才第一次開口：
「沒！」
他放聲大叫。
接著邁步走了出去，權叔和阿杉婆立刻往兩邊跳開。
「要、要到哪裏去？武藏——」
「沒！」
「等等！你給我站住！」
「沒！」
武藏三次的回答都一樣。他眼看前方，用力排開羣眾，繼續向前直走。
「嘿！武藏要逃走了！」

老太婆慌忙叫道。

「別給逃走了！」

人牆立刻崩潰，轎夫們跑向前去，想再度圍住他的去路。

「……咦？」

「奇怪了？」

圍是圍住了，卻不見武藏。

三年坡，以及茶碗坡上，有很多正要回家的羣眾，他們看到武藏的身影像貓一般跳到西門六尺高的邊牆上，立刻消失得無影無蹤了。大家都不相信，權叔和阿杉婆更不相信。他們猜想武藏是不是逃到後山去了？還是躲到御堂的地板下去了？他們到處狂奔尋找，直到夕陽西下。

河童

1

劈、劈、劈……打麥稈的杵聲，響徹整個細民鎮。養牛人家以及抄紙店，因爲細雨綿綿，房屋腐蝕得霉味四溢。北野里這時正是田裏收工的時刻，雖然已近黃昏，卻很少人家冒出暖暖的炊煙。

屋簷下掛著寫了「客棧」兩字的斗笠，有個人趴在泥地間大叫：

「老爺爺！客棧的老爺爺……沒人在嗎？」

那人精神飽滿，聲音比身高還要宏偉，原來是經常溜來這裏的酒館小伙計。

他年齡頂多十歲或十一歲。

頭髮沾了雨滴，閃閃發光，蓬鬆地蓋住耳朵，活像圖畫中的河童（譯註：想像中的動物，身體如幼兒，嘴尖、手腳有蹼，頭頂有個蓄水的盤狀凹陷）。他穿著長袖短上衣，繫著繩腰帶，渾身沾滿了泥巴。

「是阿城嗎？」

客棧爺爺在裏面問道。

「明天有馱夫要去鞍馬，我要託他帶信給朋友，正在寫呢！可是一個一個字慢慢想，累得手臂都僵了！煩死人了，你別吵我。」

「……老爺爺，您在那兒做什麼呀？」

「如果客人要喝，我去拿就是了！」

「可是回來了就要喝吧？準備著不好嗎？」

「今天客人都還沒回來，不要酒。」

「嗯，是我！」

「咦，您老得腰都彎了，還記不得字嗎？」

「你這小鬼，又耍嘴皮子了，討打呀！」

「我來幫您寫。」

「你在說笑呀？」

「我說眞的！哈哈！芋頭的『芋』哪是這樣？您寫的是竹竿的『竿』啊！」

「囉嗦！」

「我不是囉嗦！我就是看不下去。老爺爺！您要送竹竿給鞍馬的朋友嗎？」

「要送芋頭。」

「那就不要逞強，改成『芋』不就得了嗎？」

「我要是知道，開始就不會寫錯了。」

「咦……不行呀！老爺爺……這信除了您之外，沒人看得懂啊！」

「好吧！那你寫寫看。」

老爺爺把筆遞給他。

「我寫，您別抱怨，別抱怨喔！」

酒館的城太郎拿著筆，坐在入口處的橫木框上。

「你這個笨蛋！」

「什麼？您不會寫字，還罵人笨蛋。」

「你鼻涕流到紙上了！」

「哦！是嗎？這算是小費好了。」

他揉了揉那張紙，擤了鼻涕之後才丟掉。

「好了！要寫什麼？」

他握筆的姿勢很正確，把客棧老爺爺講的話，熟練地寫了下來。

就在這個時候——

一位早上沒帶雨具就出門的客人，現在踩著泥濘的馬路，拖著沾滿泥的鞋子，腳步沈重地進了門來。他把遮雨用的麻袋往簷下一丟，說道：

「啊啊，梅花也快謝了！」

他一面看著這棵每天早上讓他心情愉快的紅梅，一面擰著溼透的衣袖。

正是武藏。

他在客棧已經住了二十幾天，因此，回到這裏，就有回到自己家的感覺。

武藏一進泥地間就看到經常來此跑腿的酒館少年，正與老闆頭碰頭不知在做什麼。武藏想看個究竟，默不作聲，走到他們背後。

「哎呀！你眞壞！」

城太郎一看到武藏，急忙把筆紙藏到背後。

2

「給我看看。」

武藏故意逗他。

「不要！」

城太郎搖著頭。

「我說外頭那匹馬啊……」

城太郎顧左右而言他。武藏脫下溼答答的褲子，交給客棧老闆，笑答：

「哈哈哈！我才不吃你這一手。」

城太郎反問：

「不吃手，那吃腳吧？」

「要吃腳，就吃章魚的腳。」

城太郎歡呼：

「吃章魚配酒——大叔！吃章魚配酒。我去拿酒來！」

「拿什麼？」

「酒啊！」

「哈哈哈！你這小子可眞會耍詐。這下子我又得向你買酒了！」

「五合。」

「不要那麼多。」

「三合。」

「喝不了。」

「那……要多少？宮本先生您眞小氣。」

「碰到你眞沒辦法。老實說，我錢不夠，我是個武人。別那樣責備人嘛！」

「好吧！那我算您便宜一點好了！不過，有個條件，大叔！您要再說有趣的故事給我聽喔！」

城太郎精神抖擻跑向雨中。武藏看著他留下來的信，說道：

「老伯，這是剛才那少年寫的嗎？」

「沒錯！……沒想到小鬼那麼聰明，嚇了我一跳呢！」

他覺得很不錯，正看得入神。

「老伯，有沒有乾衣服？要是沒有，睡衣也好，借一下。」

「我就知道您會淋溼回來，早已拿出來放在這裏了！」

武藏到井邊沖洗完畢，換上乾衣服，坐到火爐旁。

這段期間，火爐上方的掛鉤已掛上鍋子，還有香噴噴的食物、碗盤都擺好了。

「這小毛頭！不知在幹什麼？去這麼久。」

「他幾歲了？」

「聽說十一歲了。」

「看起來比實際年齡成熟啊！」

「因爲他七歲左右就在酒館跑腿，每天和馱夫、附近抄紙店的人、旅人混在一起，也難怪如此。」

「可是——在那種環境之下，爲何能寫一手好字呢？」

「有那麼好嗎？」

「他的字雖然還脫不了小孩的稚氣，但在稚拙的筆法當中，好像又有一分不知該稱爲天眞還是什麼的氣質……對了……以劍道的說法，他的字極爲流暢。將來會成大器！」

「您說成大器，是什麼意思？」

「成爲一個了不起的人。」

「嗯——」

「真的？」

老闆打開鍋蓋看了一下。

「還沒來喔！那小傢伙是不是又在半路玩起來了？」

他嘀咕個不停，這時，泥地間終於響起腳步聲。

「老爺爺！酒拿來嘍！」

「你在幹什麼呀？客人等著要喝呢！」

「可是，我一回去，店裏面也有客人要招呼啊！有一個醉漢抓著我，硬是問了我一大堆問題。」

「問什麼？」

「問宮本先生的事啊！」

「你是不是又多嘴說些不該說的話了？」

「即使我不說，這一帶沒人不知前天在淸水寺發生的事。隔壁的老闆娘，還有前面漆器店的女兒，那天剛好都去寺裏拜拜，大家都看到大叔被一羣轎夫團團圍住呢！」

3

武藏本來盤腿坐在爐前默不作聲，現在突然用拜託的語氣說道：

「小兄弟！別再提這事了，好嗎？」

城太郎十分機靈，一見他臉色不對，立刻岔開話題。

「大叔！今晚我可不可以留在這兒玩？」

「你不必回家幫忙嗎？」

「啊，店裏沒事。」

「那麼，跟大叔一起吃晚飯吧！」

「我來溫酒！溫酒我最在行。」

他把酒壺埋在火爐的炭灰裏。

「大叔，溫好了！」

「眞好喝。」

「大叔！您喜歡喝酒嗎？」

「喜歡。」

「可是，沒錢就喝不成了，對不對……」

「嗯……」

「當兵法家的人大都跟隨大將軍，領很高的俸祿，對吧？店裏客人還告訴過我，以前塚原卜傳出巡的時候，都叫部下拉著備用馬，貼身護衛的拳頭上還停著老鷹，浩浩蕩蕩帶著七、八十個家臣出門呢！」

「嗯！沒錯。」

「跟隨德川家康的柳生大人在江戶聽說領一萬一千五百石。是眞的嗎？」

「眞的。」

「大家都如此，爲何大叔那麼窮呢？」

「因爲我還在學習嘛！」

「這麼說，你要到幾歲才會像上泉伊勢守或塚原卜傳那樣威風帶眾多部下出巡呢？」

「這個……我可能無法成爲那種大人物喔！」

「你武功不夠高強嗎？大叔！」

「在清水寺看到我的人可能都如此說我吧！反正我是逃出來的。」

「附近的人都說住在客棧的年輕修行武者根本不行。我聽了很生氣啊！」

「哈哈哈！還好不是你在批評我。」

「因爲我是晚輩呀！大叔！在漆器店裏，造紙店和水桶店的年輕人經常聚在一起練習劍術。您到那兒去跟他們比賽，贏他們一次。」

「好好！」

城太郎講什麼，武藏都點頭答應，他喜歡這少年。不，大概自己也還是個少年的緣故吧，很快地就能和他打成一片。也可能因爲他沒有兄弟，幾乎不曾享受家的甜蜜，才會如此。在他的下意識裏，經常會追尋類似的感情，以安慰孤獨的心靈。

「這種事以後別再提了——現在換我問你，你家鄉在哪裏？」

「什麼，在播州？」

「聽您的口音，大叔是作州人吧？」

「沒錯，兩地離得很近——你父親在姬路是做什麼的？」

「我父親是武士，武士喔！」

「哦……」

原來如此！武藏雖然很意外，但也恍然大悟。然後再問他父親的姓名。

「我父親叫青木丹左衛門，以前曾領餉五百石喔！可是，當我六歲的時候，他失業成了浪人，之後來到京都，越來越窮，所以把我寄在酒館，自己到虛無僧寺念佛去了。」

城太郎邊追憶邊說：

「所以，我說什麼也要當個武士。要當武士，最重要的是要練好劍法吧？大叔！拜託！收我爲徒——我願爲您做任何事。」

武藏當然不肯，但是少年苦苦哀求。武藏一時之間還沒認眞考慮答不答應，因爲他萬萬沒想到那個八字鬍——叫青木丹左的人——會是如此下場。既然投身劍術，早就有賭上身家性命，不是殺人就是被殺的覺悟，但是，親眼目睹這樣的人生起伏，卻勾起了他另一種落寞感，內心受了很大的衝擊，連酒都醒了。

4

想不到這小孩這麼倔，怎麼哄都不肯聽。連客棧的老爺爺也來幫腔，又罵又勸的，情況卻越來越糟，他纏著武藏，抓著他的手臂，又抱著他，死求活求，最後竟哭了起來。武藏拗不過他，只好說：

「好，好，收你爲徒。但是，今晚一定要回家去跟你老闆說清楚，再下決定喔！」

總算城太郎心甘情願地回家去。

次日早晨。

「老伯！這段日子，勞您照顧了！我想到奈良去，請幫我準備便當。」

「咦？要走了？」

事出突然，老爺爺非常驚訝。

「是不是那小毛頭求您那些無聊的事，才突然要走……」

「不是！不是！不是小傢伙的緣故。我老早以前就有這個願望，位於大和的寶藏院，聽說長槍術非常有名，我要去看看。等一下小傢伙來了，可能會不高興，就交給您處理了！」

「唉呀！小孩子哭鬧一下就沒事了！」

「還有，酒館老闆那兒，也幫我交代一下。」

武藏離開了客棧。

紅梅的花瓣撒落在泥濘的地上，今早已不再下雨，微風撫著肌膚，跟昨日的風雨大不相同。三條口的水位高漲，水色混濁。橋旁有許多騎馬武士，正對來往的人一一盤查過濾。打聽之下，才知道原來江戶將軍即將上京，先遣的各大小諸侯今天已先到達，所以以此壓制蠢蠢欲動的浪人。

武藏答話時，態度從容，安然過了關。此時，他突然感到自己在不知不覺中，已經變成既不屬大坂方面，也不屬德川方面，而是一名毫無色彩的眞正浪人了。

——回想當年，眞是太可笑了。

當年，自己竟憑一股豪氣，背著一把長槍就去參加關原之役。

他的父親跟隨的主君是大坂方面的人馬，他的故鄉也深受英雄太閤（豊臣秀吉）的威勢影響，少年時在火爐邊聽到的也全是那位英雄的事蹟和偉大人格，這些深植在他腦海裏。現在要是有人問他：

要投效關東還是大坂？

他的直覺反應一定會回答：

大坂。

他的內心深處，一直存著這種情懷。

——然而，在關原他已有所領悟，手持長槍，混在步兵裏，在大軍中不管怎麼賣力，對結果根本毫無影響，也無法完成他偉大的奉公理想。

如果抱著一切只爲主君的心情，也就死而無憾，而且這種死也非常有意義。但是，武藏和又八當時的心情並非如此。當時內心燃燒的只有功名，只是要去撿拾不需本錢的利祿而已。

之後澤庵教他，生命就是一顆明珠。仔細思量，那根本不是不需本錢，而是拿人生最重要的本錢去換取微薄的俸祿——而且是像抽籤一樣，抱著僥倖心理去的。想到當時那分單純，武藏不覺苦笑。

「看到醍醐城了！」

肌膚滲出了汗水，武藏停下腳步。不知不覺已爬到高山上。突然，他聽到遠方傳來叫聲：

「大叔！」

過了一會兒，又聽到：

「大叔！」

「啊？」

武藏眼前立刻出現像河童般的少年迎風跑來的畫面。

果不出所料，城太郎的身影終於出現在路的盡頭。

「大叔！大叔騙人！」

城太郎口裏罵著，臉上一副就快哭出來的表情，上氣不接下氣，追了過來。

5

——他還是追來了！

武藏雖然心裏很無奈，卻露出明朗的笑容，轉身等他。

他的速度很快，非常的快。

城太郎一看到武藏，立刻飛奔過來。他的身影，活像隻小黑天狗。

等他一靠近，看到他那一身七拼八湊的打扮，武藏嘴邊又添上一抹苦笑。城太郎換了跟昨夜不一樣的衣服，看得出是刻意打扮的。當然，上衣只到腰的一半，袖子也一半，腰帶上斜插著一把比身子還長的木刀，背上掛著跟雨傘一樣大的斗笠。

「大叔！」

城太郎叫了一聲，便撲到武藏懷裏，抱著他說：

「大騙子！」

然後哇的一聲哭了出來。

「怎麼啦？小傢伙！」

武藏親切地抱著他，但城太郎心知在荒郊野外，所以毫無顧忌地放聲大哭。

武藏終於開口道：

「誰是愛哭蟲呀！」

「不知道啦！不知道啦！」

城太郎搖著身體，說道：

「大人可以騙小孩的嗎？昨天晚上您才說要收我為徒，可是今天卻丟下我一走了之，大人可以這樣做嗎？」

「是我不好！」

他一道歉，城太郎的哭聲立刻變得像在撒嬌一般，吸著鼻涕，小聲飲泣。

「好了，別哭了……我不是存心騙你，但是，你有父親，有主人，沒經過他們同意，我不能帶你走，所以才叫你跟他們商量後再來。」

「那您應該等我的回音啊！」

「所以我才向你道歉啊——你跟老闆說過了嗎？」

「嗯……」

他終於安靜下來，從身旁樹上摘了兩片葉子。正納悶他要幹什麼，原來是用來擤鼻涕。

「那你主人怎麼說？」

「他說『去吧！』」

「唔……」

「他說像你這樣的小毛頭，有頭有臉的武術家或武館，絕不可能收你爲徒。那個住在客棧的人，大家都說他不夠看，剛好當你的師父。臨別時還送我這把木劍。」

「哈哈哈！你老闆眞有趣！」

「後來到客棧爺爺那兒，老爺爺不在，我看到屋簷下掛著這個斗笠，隨手就拿來了！」

「那不是客棧的招牌嗎？上面還寫著『客棧』兩個字呢！」

「我管不了那麼多！下雨沒斗笠，可就麻煩了！」

這會兒拜師之禮算是完成了。武藏也死了心，知道是無法阻止了。

一想到這小孩的父親青木丹左的落魄，還有自己的宿緣，武藏也認爲自己眞的應該照顧這個小孩，直到他長大成人。

「啊！我差點忘了……還有一件事，大叔！」

城太郎一放心，才突然想起一件事，手探入懷裏摸了半天。

「有了……就是這個。」

他拿出一封信。

武藏好奇的問：

「那是什麼？」

「昨晚我拿酒去給大叔的時候，不是說過店裏有個浪人抓著我硬是問了很多關於大叔的事嗎？」

「對，你提過這事。」

「後來我回到店裏的時候，那個浪人醉醺醺地又問同樣的問題。他喝得爛醉，總共喝了兩升喔！最後，還寫了這信，叫我交給大叔。」

「？……」

武藏斜著頭，狐疑地翻過信封的背面。

6

信封的背面竟然寫著——

本位田又八

字跡潦草，糾在一起。看起來連字體都醉了。

「啊……又八寫的……」

他急忙打開信封。武藏讀著信，又懷念又悲傷，心情非常複雜。

又八喝了兩升酒，字跡雖然不到無法辨認的地步，但是語句已經支離破碎，好不容易才看懂，信上寫著：

伊吹山下一別以來，無法忘懷鄉土，更難忘舊友。不想日前在吉岡武館，忽聞兄之名，百感交加，見面與否，舉棋不定，因而到酒館買醉。

這些字句寫得還算清楚，接下來就越來越潦草了。

然而我跟兄分別後，卻爲女色所困，好吃懶做，連肉都要生蛆了。怏怏無爲過了五年。今日，君之劍名已傳遍京都。有人說：武藏很厲害！有人卻說：武藏懦弱，最會開溜。又有人說：那個劍俠像個謎。我才不管別人怎麼說，只暗自慶幸兄的劍在京都已掀起了陣陣漣漪。

想來——

君原本就聰明，理應成爲劍道高手，出人頭地。

反觀現在的我——

愚蠢，愚蠢，如今蠢人瞻仰賢友，不覺羞愧欲死。

但是，等著瞧吧！人生還長，未來尚不可測。此刻不欲見君，只盼後會有期。

祝君健康。

本以爲信已結束，沒想還有補充，看來似乎十萬火急。內容大致是這樣：

吉岡武館數千門人，爲了前次事件，懷恨甚深，正大肆搜尋君之蹤跡，宜特別注意。君之劍法，好不容易才開始嶄露頭角，絕不可平白送命。俺立志要成大器之後，才與君碰面，促膝長談，回憶過往。就當作跟俺比賽，一定要珍重自己，好好活下去。

這段文字看來友情洋溢，但忠告當中，又摻著又八誇大的老毛病。

武藏閱畢，黯然神傷，心想：

爲何他不說——哇！好久不見，好懷念你？

「城太郎！你問過這人住哪裏嗎？」

「沒問。」

「酒館的人知不知道？」

「應該不知道吧！」

「他常來嗎？」

「不，這是第一次。」

——可惜！武藏心想如果知道又八住哪裏，一定立刻回京都找他，可惜毫無線索。

眞想見他，想再一次敲醒又八的劣根性。武藏現在仍然沒放棄對又八的友情，想幫他從自暴自棄中站起來。

這樣做才可以消除又八母親對自己的誤會。

武藏默不作聲走在前頭。此路通往醍醐城城下，六地藏四街道的岔路，已出現在眼前。

「城太郎！有件重要的事想拜託你，可以嗎？」

武藏突然開口。

7

「要我做什麼？大叔！」

「我想拜託你跑一趟。」

「去哪裏？」

「京都。」

「好不容易追到這裏，又要我回去啊？」

「我想拜託你帶信到四條的吉岡武館。」

「……」

城太郎低頭踢著腳邊的石頭。

「你不願意？」

武藏低下頭探視他的臉。

「不是……」

他搖搖頭，神情曖昧。

「不是不願意，大叔！您這麼做是不是又想把我甩掉？」

看他用懷疑的眼神望著自己，武藏一陣羞愧。城太郎不信任武藏，也是其來有自啊！

「不，武士絕不說謊。昨天的事，請原諒大叔。」

「好，我去。」

兩人進入六阿彌陀岔路上的小茶館，叫了便當和茶水。武藏利用這個空檔把信寫好，內容大致如下：

致吉岡清十郎

聽說閣下與門下弟子大舉尋找在下的行蹤，現在我人在大和路上，無意改變行程，預定以一年的時間，遊歷伊賀、伊勢，還有其他地區，自我進修。先前拜訪閣下，不巧無法一睹尊容，在下同感遺憾。在此跟您約定，明春一月或二月間，一定再度拜訪——當然，閣下也會繼續修行鍛鍊。在下也期許這一年定要磨鍊自己的鈍劍，再重新拜訪。在此祈求名聲響亮的拳法老師之門，不再發生慘敗事件，敬請自重爲荷。

語氣鄭重，又有豪邁之氣，他署名「新免宮本武藏敬上」。

收件人則寫著『吉岡清十郎閣下及全體門徒』。

寫完之後，交給城太郎。

「只要把這個丟到四條的武館，就可以回來嘍？」

「不，一定要從大門交給門房之後才能離開。」

「好，我知道了！」

「另外還有一件事……可是，這事對你來說可能困難了點……」

「什麼事？什麼事？」

「昨晚叫你給我帶信的醉漢，叫本位田又八，是我的舊友。我很想見他。」

「那簡單！」

「怎麼找呢？」

「上每個酒館到處問。」

「哈哈哈！這也是好辦法。但是，看他的信，好像認識吉岡家的人。所以我想可以問問吉岡家的人！」

「問到了之後呢？」

「你去見那個本位田又八，轉告我的話。就說明年一月一日到七日之間，每天早上我都會在五條的大橋等他，要他到那裏跟我會面。」

「只要這樣跟他說就好了嗎？」

「嗯——我一定要見他。你要告訴他是武藏交代的喔！」

「知道了！——可是，我回來之前，大叔要在哪裏等我呢？」

「這樣好了，我先到奈良。到那邊只要向長槍寶藏院打聽一下，就知道我住哪裏了！」

「一言爲定喔！」

「哈哈哈！又開始懷疑我了，這回要是我食言，就砍我的頭！」

武藏笑著走出茶館。

然後武藏往奈良。城太郎回京都。

此刻，四街道上斗笠、飛燕、馬嘶聲交雜，好不熱鬧。城太郎回過頭，武藏還站在原地看他。兩人遠遠會心一笑，揮手道別。

春風送訊

1

戀情之風
撫著袖角
哎　袖子本已不輕
再添上戀情
其重無比

朱實哼著看阿國歌舞團表演時學的小調，從後門下到高瀨川河裏，在那兒清洗衣物。布在水中揚開的時候，飄著落花的水面，也掀起陣陣漩渦。

滿腹的思念

卻佯裝不相思
宛如表面安詳的情海
底下卻是波濤洶湧

有人從河堤上對著她說：

「阿姨！妳唱得眞好！」

朱實回頭問道：

「是誰？」

原來是個矮個兒的小毛頭，腰上橫插著長木刀，背著大斗笠。朱實一瞪眼，他便轉著圓滾滾的大眼睛，露齒而笑，神情老練。

「你是哪來的小子？竟然叫我阿姨，我還是姑娘呢！」

「那——叫妳丫頭。」

「呸！你還是個小毛頭，沒資格戲弄良家婦女。看你還淌著鼻涕呢！」

「可是，人家有事要問妳嘛！」

「哎呀！只顧著跟你講話，衣服都流走了啦！」

「我去撿回來。」

城太郎追著那塊被河水流走的布裙，長木刀剛好派上用場，一勾就勾到了。

「謝謝你!你要問我什麼事?」

「這附近有沒有叫做艾草屋的茶館?」

「叫做艾草屋的,就只有那邊那間,是我家開的。」

「眞的啊?——找得我好辛苦。」

「你從哪裏來的?」

「那邊。」

「那邊?那邊是哪邊?」

「我也不太清楚自己從哪裏來的。」

「這小孩眞奇怪。」

「妳說誰奇怪?」

「好了好了!」朱實噗嗤一聲笑了出來:「到我家有何貴事?」

「本位田又八是不是住在妳家?我問過四條吉岡武館的人,他們說到這裏問就知道了。」

「他不在。」

「騙人!」

「眞的不在——雖然他以前是住過我家。」

「現在他在哪裏?」

「不知道。」

「幫我問問好嗎？」

「我母親也不知道——因為他是離家出走的。」

「眞傷腦筋！」

「誰要你來的？」

「我師父。」

「誰是你師父？」

「宮本武藏(musashi)。」

「有帶信或東西來嗎？」

「沒有。」

城太郎臉轉向一旁，眼神迷惘，望著腳邊的漩渦。

「不知道自己從哪裏來，也沒帶信，你這小差眞奇怪！」

「我帶口信。」

「什麼口信？也許——說不定他不再回來了，但要是回來，我幫你轉告又八哥哥。」

「這樣好嗎？」

「跟我商量也無濟於事，自己決定吧！」

「好，就這麼辦……是這樣的，有一個人說一定要見又八。」

「誰？」

「宮本先生。他說明年一月一日到七日之間每天早上會在五條大橋等，請又八先生在這七天中，找一天去跟他會面。」

「呵呵呵！呵呵……哎呀！這口信可眞長呀！你師父跟你一樣與眾不同呢……啊！笑痛肚皮了！」

2

城太郎鼓著腮幫子罵道：

「有什麼好笑的！妳這個臭茄子！」

朱實吃了一驚，馬上停止笑聲。

「哎呀？生氣了？」

「當然生氣，人家可是很有禮貌地在拜託妳喔！」

「抱歉、抱歉！我不笑了──如果又八哥哥回來，我一定轉告他。」

「眞的？」

「眞的。」

她咬住嘴唇，以免再笑出來，點頭回答。

「你說……他叫什麼來著……要你傳話的人。」

「妳眞健忘，他叫宮本武藏。」
「『武藏』是哪兩個字？」
「武(mu)是武士的武……」
一邊說，城太郎一邊撿起腳邊的樹枝，在河邊沙地上寫給她看。
「就是這樣。」
朱實一直盯著沙上的字：
「啊……這不念做『takezou（武藏）』嗎？」
「是musashi（武藏）。」
「但是也可念成takezou（武藏）。」
「妳眞頑固！」
他把樹枝往河裏一丟，看著它飄走。
朱實盯著沙地上的字，眼睛眨也不眨，一直沈思不語。
好不容易，她的雙眸才從城太郎腳邊移到臉上，又仔仔細細把他看了一遍，然後嘆口氣問道：
「這個叫做武藏的人，老家是不是在美作的吉野鄉？」
「沒錯啊！我是播州人，師父是宮本村，我們是鄰居。」
「他是不是身材高大，很有男子氣概。對了！他頭髮從不剃成月代形（編註：前額至頭頂的頭髮剃成半月形。），對不對？」

「妳可眞清楚啊！」

「以前他告訴過我，因爲他小時候頭皮上長過疔仔，若是剃成月代形，結的疤就會露出來，不好看，所以才留著頭髮的。」

「妳說以前，是什麼時候？」

「五年前——就是關原之役那年的秋天。」

「妳以前就認識我師父了？」

「……」

朱實沒回答。她沒空回答，當時美好的回憶塡滿胸懷，正奏著甜美的曲子呢！

……武藏哥哥！

朱實很想見到武藏，身體顫抖不止。看到母親的所作所爲——還目睹又八的轉變——她深深覺得自己心裏打從開始就選擇武藏是選對了。她暗地裏慶幸自己還是單身——武藏果然跟又八截然不同。她在茶館不知見過多少男人，深知自己的未來絕不屬於其中任何一個，她看不起那些噁心的男人，卻把五年前武藏的影子偷偷地埋在內心深處，有時還伴著歌聲，獨自享受唯一的夢想。

「那麼，拜託妳了。如果看到那個叫又八的，一定要轉告他喔！」

交代好之後，城太郎又急著趕路，跑上河堤。

「喂！等一等！」

朱實追了過去。抓住他的手，好像有話跟他說。城太郎看見朱實臉上泛著紅暈，嬌美無比。

3

朱實熱血奔騰，問道：

「你叫什麼名字？」

城太郎回答「城太郎」，看著她迷人的興奮模樣，覺得很奇怪。

「這麼說來，城太郎小弟！你經常跟武藏(takezou)先生一起嘍！」

「應該是武藏(musashi)才對吧？」

「啊……對對！是武藏先生。」

「嗯！」

「我一定要見那個人，他住哪裏？」

「他家嗎？他沒家。」

「咦？爲什麼？」

「因爲他還是修行武者。」

「他住的旅館呢？」

「到奈良的寶藏院去問就知道嘍！」

「唉……我還以爲他在京都呢！」

「明年他會來。明年一月。」

朱實好像中了邪一樣，神思恍惚。突然，阿甲從她背後的廚房窗口喊道：

「朱實啊！妳在那邊幹什麼呀？別跟那野孩子在那兒偷懶。事情做完了就快點回來。」

朱實平常對母親的不滿，在這種情況下，竟脫口而出。

「這個小孩來找又八哥哥，我不是在跟他解釋嗎？妳以爲我是供人使喚的啊？」

阿甲的臉探出窗口，皺著眉，彷彿又生病似的。是誰把妳養到會這樣跟我頂嘴的——但她沒說出口，只瞪著白眼，說道：

「又八？……又八有什麼好說的？這種人已不是我們家的人了！跟他說不知道，不就打發了嗎？又八沒臉回來了。妳拉著那野孩子，在拜託他什麼事啊？別理他了！」

城太郎嚇呆了，嘀咕著：

「不要把人當傻瓜，我可不是野孩子喔！」

阿甲好像在監視城太郎和朱實講話，說道：

「朱實！進來！」

「……可是，衣服還留在河邊呢！」

「等一會兒叫下女去拿。妳去梳洗梳洗，還得化妝呢！要是淸十郎先生又突然來訪，被他撞見妳這副樣子，他對妳的印象就要大打折扣嘍！」

「啐……那種人！對我印象打折扣，我才高興呢！」

朱實憤憤不平，很不情願地跑進家門。

阿甲的臉也隨之消失在窗口。城太郎對著關閉的窗戶扮鬼臉。

「耶！老太婆還擦那麼厚的白粉，眞噁心！」

話剛說完，那窗戶又開了。

「你說什麼？你再說一次看看！」

「啊！被她聽到了！」

他急忙想逃，可是一鍋像味噌湯般的洗鍋水已嘩啦地澆到他頭上，城太郎變成一隻落湯雞！

他扮著鬼臉，抓掉領子上的菜葉，用全力大聲唱出他的嫌惡，邊唱邊逃出去——

本能寺西邊的小路
有個陰森老巫女
化著白妝
生了漢娃
還生了紅毛子
啦啦啦啦啦——
啦啦——啦啦——啦啦——

相逢不相識

1

路上來了一輛牛車，車上堆滿痲袋，裏頭裝的不知是稻米還是豆子，看來是有錢施主的布施品。上面插著一塊木牌，用黑墨寫著「奉獻興福寺」。

一提到奈良就會聯想到興福寺，而一提到興福寺就會想到奈良。城太郎也好像只知道這座有名的寺廟。

「哎呀！我的車子跑掉了。」

他飛奔追上，立刻跳上車尾。

轉身坐好，位子大小剛剛好。更奢侈的是，軟軟的布袋正好當他的靠背。

沿途映入眼簾的有綠油油的茶園、含苞待放的櫻花，還有一面荷鋤耕作一面祈求老天保佑今年麥田不再受兵馬摧殘的農夫，河邊還可看到女人舀水洗菜。

這是安詳寧靜的大和街道。

「這牛車可眞舒服！」

城太郎心情愉快，打算一路睡到奈良。偶爾，輪子碾到石塊，嘎嘎作響，車身搖晃也讓他樂不可支。光是坐在會動的東西上——不只會動，還會前進——就讓這少年心花怒放。

哎呀！哎呀！那裏在雞飛狗跳喔！阿婆阿婆！妳沒看到小老鼠在偷雞蛋呀？……誰家小孩跌倒了，哭個不停啊？有匹馬跑過來了！

這些景像從眼角飛逝而過，在在引起城太郎的興趣。離開村子，眼前出現兩排行道樹，他順手抓了路邊一片茶花葉，放在雙唇間吹起調子來。

同様一匹馬
大將一騎
威風凜凜
鑲金輪子
亮晶晶
亮——晶——晶
同樣一匹馬
身陷泥田
拉呀　馱呀

年年貧
貧——貧——貧

走在前頭的車夫聽到了，回頭看個究竟。

「是誰？」

車夫看不到任何人，又繼續趕路。

亮晶晶啊
亮——晶——晶

這回車夫把牛繩一丟，繞到牛車後頭，當頭一拳。

「你這野孩子！」

「哇，好痛！」

「誰教你偷搭便車？」

「不行嗎？」

「當然不行！」

「又不是老伯你在拉車，有什麼關係？」

「還貧嘴！」

城太郎像顆球般被丟到地上，滾到街樹根前。

車輪像在嘲笑他一樣，嘎嘎嘎地離他而去。城太郎一骨碌地爬了起來，忽然臉色大變，瞪著大眼睛，在地上四處尋找——好像掉了什麼東西。

「咦？不見了！」

他把武藏的信送到吉岡武館之後，對方交給他一封回函，要他帶回。他特地把信裝在竹筒裏，還掛在脖子上以免遺失——現在，這個東西不見了！

「糟了！糟了！」

城太郎找的範圍越來越廣。此時，有個一身旅行裝扮的女子看到他的模樣，笑著靠近他問道：

「是不是掉東西了？」

城太郎抬起頭，看了一眼那女人斗笠下的臉，回道：

「嗯……」

他心不在焉地點頭，目光立刻回到地上。歪頭皺眉，繼續尋找。

2

「掉了錢？」

「唔……唔……」

不管女人問什麼，城太郎都當作耳邊風，什麼也沒聽進去。

旅行的女子面露微笑。

「那……是不是個一尺左右、綁著繩子的竹筒？」

「對！就是那個！」

「如果沒錯的話，剛才你在萬福寺是不是逗弄綁在路旁的馬匹，被馬夫臭罵一頓？」

「啊……」

「你嚇一跳逃跑的時候，竹筒的繩子斷了，掉在路上。當時有個武士，正在跟馬夫講話，好像被他撿去了，你回去問問看。」

「眞的？」

「眞的。」

「謝了！」

他正要跑去。

「啊！喂喂！不必去了！那個武士剛好走過來了。你看！那個人穿著粗布袴子，笑咪咪地走過來，就是他。」

城太郎看著女子所指的人。

「那個人？」

城太郎瞪著大眼，等他過來。

那人年約四十，身材魁梧。蓄著山羊鬍子，胸肩寬厚，異於常人。他穿皮襪草鞋，走起路來，腳踏實地，虎虎生風。城太郎猜想那人可能是哪個諸侯的家臣，老油條的他竟無法開口。

還好對方先開口：

「小毛頭！」

「是。」

「在萬福寺掉了這信筒的，是你吧？」

「是，沒錯！」

「什麼沒錯？也不道謝。」

「對不起。」

「裏頭裝的是重要的回信吧？信差還一路逗馬、坐便車，這麼貪玩要是耽誤了時間，對你主人如何交代？」

「武士大叔！你看過內容啦？」

「撿到東西，應該檢查一下才物歸原主。但是，我沒看信的內容。你也確定一下再收回。」

城太郎拔掉信筒蓋，往裏頭瞄了一眼。吉岡武館的回函確實還在，他終於鬆了一口氣，立刻掛回脖子，自言自語道：

「這回不會再搞丟了！」

旅行的女子看到城太郎欣喜若狂，也感染了他的喜悅，幫他道謝：

「謝謝您這麼親切，幫了大忙。」

山羊鬍武士、城太郎和那女子並肩走著，問道：

「姑娘！這小毛頭跟妳一路嗎？」

「不是，根本不認識。」

「哈哈哈！怪不得怎麼看都不相稱。這小毛頭眞有趣，斗笠上還寫著『客棧』呢！」

「眞是天眞無邪，不知要到哪裏？」

城太郎夾在兩人中間，又活蹦亂跳了。

「我嗎？我要到奈良的寶藏院。」

說畢，卻直盯著她腰帶的舊錦袋說道：

「咦？姑娘，妳也有信筒啊？可別弄丟嘍！」

「信筒？」

「插在妳腰帶上的那個啊！」

「呵呵！這不是裝信用的竹筒，這是笛子。」

「笛子——」

城太郎閃著好奇的眼光，老實不客氣地靠近她的胸部。然後若有所思，又把她從頭到腳看了一遍。

3

雖然是小孩子，但還是分得出美醜。除了美醜，還能率直感受到清純與否。

城太郎尊敬地望著眼前的女性，心想她好美呀！一想到能跟這麼美麗的女性同路，眞是個意外飛來的福氣，突然心中小鹿亂撞，接著便飄飄然起來了。

「原來是笛子啊？」

他又多了一分欽佩，問道：

「阿姨！妳會吹嗎？」

才一開口，城太郎立刻想起上次稱艾草店的年輕女子「阿姨」，被對方罵了一頓，又急忙改口：

「姑娘！請問芳名？」

他一本正經，問了這風馬牛不相及的問題。

旅行的女子被他問得直笑。

「呵呵呵呵！」

她沒回答城太郎的問題，只望著走在城太郎另一邊的山羊鬍武士，笑個不停。

像熊一樣壯的山羊鬍武士，露出了潔白堅固的牙齒，哄然大笑：

「看你這小不點，還眞有兩下子——問別人姓名之前，先要報上自己的名字才有禮貌。」

「我叫城太郎。」

「呵呵……」

「好狡猾喔！只有我報名字。對了！武士大叔還沒報上名來。」

「我嗎？」

他也一副傷腦筋的表情，說道：

「我姓庄田。」

「庄田先生——大名呢？」

「名字恕不奉告。」

「這回換姑娘了！兩位男士都報出字號了，妳不說就不禮貌。」

「我叫阿通。」

「阿通姑娘。」

原以爲他這下子心滿意足了，沒想到竟然沒完沒了。

「爲什麼妳要帶著笛子呢？」

「這是我餬口的寶貝。」

「那，阿通姑娘是吹笛手嘍？」

「嗯……不知道有沒有吹笛手這種行業，但是我就是靠這把笛子才能走這麼長的路，應該可以說是吹笛手吧！」

「妳吹的是不是像祇園、加茂山演奏的那種神樂？」

「不是。」

「那是舞笛？」

「也不是。」

「那妳吹哪一種嘛？」

「就是普通的橫笛。」

這時，庄田武士一眼瞥見城太郎腰上的長木劍。

「城太郎！你腰上掛的是什麼？」

「武士竟然不認識木劍。」

「我是問你爲什麼帶這木劍？」

「爲了學劍術嘛！」

「你有師父嗎？」

「有啊！」

「啊哈！就是那回函的收信人？」

「沒錯。」

「能當你師父的人，想必很有能耐喔？」

「也不盡然。」

「他不厲害嗎？」

「嗯，大家好像都說他還不夠看。」

「拜個不夠看的師父，很傷腦筋吧？」

「我也很笨，所以沒關係。」

「你多少學了一點吧？」

「還沒，什麼都沒學！」

「啊哈哈哈哈！跟你一起，走路都不覺得累，太好了……對了，這位姑娘！妳要到哪裏？」

「我沒特別的目的地。老實說，多年來我一直在找一個人，聽說最近有很多浪人聚集在奈良，不知是眞是假，反正去看看，現在正在趕路。」

4

宇治橋頭出現在眼前。

通圓茶館的屋簷下，一個氣質高雅的老人正在準備茶鍋，爲在此休息的旅人奉上風雅茗品。

賣茶的老人似乎一看到庄田就像看到熟人一樣。

「噢，小柳生家的家臣大人！請進來休息片刻。」

「我們休息一下吧——請給這小孩拿點點心來。」

拿到點心，城太郎坐不住，看到屋後有個小丘，便爬上去玩了。

阿通品著茶香，問道：

「奈良離這裏還遠吧？」

「遠喔！腳程快的人，天黑之前可趕到木津，女性恐怕在多賀或井手就得休息。」

山羊鬍武士馬上打斷老人的話，說道：

「這個女子多年來一直在找一個人，說要到奈良。最近單身女子到奈良，有無不妥啊？我是不太同意！」

老人一聽，瞪大眼睛。

「行不得啊！」

他搖手阻止。

「最好別去。如果妳能確定那人的確在奈良，就另當別論。要不然，最好別到那種動盪不安的地方——」

老人苦口婆心地舉了好多實例，說明那裏的危險，好打消她的念頭。

一提到奈良，就會令人聯想到思古幽情的僧院，還有鹿眼。大家都以爲只有這祥和的古都是沒有戰亂和饑饉的颱風眼。但事實卻非如此。說到這裏，茶館的老人自己也飲了一杯茶。

這話怎麼說呢？關原戰後，從奈良到高野山，不知多少敗戰的浪人藏身於此。他們都是西軍大坂方面的人馬。敗戰後，他們失去了俸祿，也無望能找到其他職業。關東的德川幕府，勢力越來越龐大，使得他們這一生，幾乎再也沒機會嶄露頭角，昂首闊步。

世上一般人都說，關原之役四散逃走的浪人，這五年來，大概增加到了十二、三萬人。此次大戰之後，德川新幕府沒收的領土，聽說有六百六十萬石。後來，除了減封處分，允許重振家名的人之外，被幕府殲滅的諸侯有八十幾家，所屬的三百八十萬石領土，也同時被改封。而從這些地方潛逃到諸國地下的浪人，假設一百石有三人，加上殘留在自己家鄉的家人和餘黨，再怎麼保守估計，人數也不會低於十萬。

尤其是奈良和高野山一帶，有眾多寺院，武力幾乎無法介入，剛好是這些浪人的絕佳避風港。屈指一算，九度山有眞田左衛門尉幸村、高野山有南部浪人北十左衛門、法隆寺附近有仙石宗也、興福寺長屋有塙團右衛門，其他還有御宿萬兵衛、小西浪人某某，反正這些不甘就此老死的豪傑之士，像久旱等甘霖一樣，期待著天下再度大亂。

這些有名有姓的浪人，雖然過著隱居生活，但還算有些權勢和生活能力。可是，一到奈良的後區，到處是連佩刀都典當的失業武士，他們自暴自棄，目無法紀，惹是生非。就是想擾亂德川治下的社會，一心祈禱大坂早日再興。像阿通這麼貌美的女子，隻身到那種地方，猶如飛蛾撲火。

茶館的老人一心想阻止阿通前往。

5

照他的說法，到奈良去實在是件令人毛骨悚然的事了。

阿通沈思不語。

假使奈良有蛛絲馬跡可循，再怎麼危險也不在意。

可是，目前她根本毫無武藏的音訊——自從在姬路城下的花田橋分手以來，幾年的歲月只是毫無目的地到處旅行，徬徨過日。現在也不過是這場虛幻之旅的中途罷了。

「妳叫阿通吧？」

山羊鬍武士察覺到她迷惘的神情，說道：

「怎麼樣？一開始我就說過了，與其到奈良，不如跟我到小柳生家去？」

接著，這位庄田道出眞實姓名。

「我是小柳生家的家臣，叫做庄田喜左衛門。我的主君已年近八旬，最近身體欠安，終日抑鬱寡歡。我想到妳說過是靠吹笛餬口，或許可吹笛慰我主君，如何？」

茶館老人在一旁也表贊同，替喜左衛門勸她。

「姑娘，妳一定要跟他去。或許妳不知道，小柳生家的老主人就是柳生宗嚴大人，現已隱退，改名叫石舟齋。他的少主人馬守宗矩大人，從關原之役歸來後，江戶隨即徵召他去當將軍家的老師，獲得無上的榮寵。光是受邀到這樣的名門世家，就已經是少有的福分了。妳一定要答應他。」

阿通一聽喜左衛門是兵法名家柳生家的家臣，心想他定非等閒之輩，心裏早已默默答應了。

喜左衛門追問：

「還是無法決定嗎？」

「不，這是求之不得的事。但是，我吹得不好，怎麼配在那麼有身分地位的人面前吹奏？」

「不不，如果妳認爲柳生家跟一般的諸侯一樣，那就錯了。尤其是主君現在已改名石舟齋，只想安享簡樸餘年，跟一般的老人沒有兩樣。他甚至不喜歡別人對他必恭必敬。」

阿通心想與其漫無目的到奈良去，不如先到柳生家還有一線希望。柳生家是吉岡以後的劍術第一名家，一定有很多修行武者造訪，也許還有登記這些人的名冊。說不定自己多方尋找的「宮本武藏」也登記在上面呢！果眞如此，不知多令人高興呀！

她的神情豁然開朗。

「那我就不客氣，跟您一起去。」

「眞的？妳願意來眞是太好了！」

喜左衛門大喜。

「但妳是女子，天黑前趕不到小柳生家，阿通姑娘！妳會騎馬嗎？」

「會，我會騎。」

喜左衛門走到屋外，對著宇治橋頭招招手，在那兒休息的馬夫立刻飛奔過來，將馬給阿通，喜左衛門則用走的。

這時，在茶館後山玩耍的城太郎看到他們。

「要走了嗎？」

「嘿，要走嘍！」

「等等我。」

城太郎在宇治橋追上他們。喜左衛門問他剛才在做什麼？他說在山上的樹林裏，有很多大人聚在一起，不知在玩什麼好玩的遊戲？

馬夫笑著說：

「小兄弟，那些浪人是在賭博呀！沒飯吃的浪人會搶奪旅行的人，把他們扒得一絲不掛，才放他們走。」

6

馬背上坐著戴斗笠的佳人，城太郎跟鬍子武士庄田喜左衛門走在兩側，馬夫則在前頭。

過了宇治橋，終於來到木津川河堤。河邊沙地寬廣，天空綴著彩色的雲雀，風景如詩如畫。

「這樣子啊……原來是浪人在賭博？」

「光是賭還算好的——有的甚至放高利貸，勾引女人。他們太霸道，沒人敢動他們一根寒毛。」

「領主也不管嗎？」

「勢單力薄的浪人，領主還抓得到。但是，河內、大和、紀州的浪人聯合起來，聲勢就凌駕領主之上了。」

「聽說甲賀也有浪人。」

「筒井浪人成羣逃到那裏。好像不再打一次仗，這些人就無法完全消失一樣。」

城太郎聽到喜左衛門和馬夫的談話，開口說道：

「你們說什麼浪人、浪人的，浪人當中也有好人吧？」

「當然有。」

「我的師父也是浪人啊！」

「哈哈哈！你是爲此打抱不平啊？你眞會爲師父講話——剛才你說要到寶藏院去，你師父在寶藏院嗎？」

「只要去那裏就可知道師父在哪裏。」

「他的劍法是哪個流派的？」

「不知道。」

「弟子竟然不知道師父的流派。」

馬夫聞言，說道：

「大人！現在這個社會啊！劍術大流行，連阿貓阿狗都可修練武術了。現在一天至少可看到五到十個修行武者走在路上呢！」

「哦？是嗎？」

「這不也是因爲浪人增加的緣故嗎？」

「可能吧！」

「劍術高明的人，各諸侯都會爭相延攬，給予五百石、一千石的薪俸，大家趨之若鶩。」

「哼！這是出人頭地的捷徑嘛！」

「您看！連那個小毛頭都腰佩木劍，認爲只要學點皮毛，就可以成爲一名人物，這種想法眞可怕。要是到處都是武士，最後大家難免要說他們只是混飯吃的。」

城太郎生氣了！

「拉馬的！你說什麼？再說一次試試看！」

「我說——你像跳蚤扛著牙籤，光說不練。」

「哈哈哈！城太郎，別生氣，別生氣。要不然，你脖子掛的重要物品，又要搞丟嘍！」

「好吧！我不生氣。」

「噢，我們到木津川的渡口了，該跟你說再見了。天快黑了，在路上別貪玩，要專心趕路喔！」

「阿通姊姊要去哪裏？」

「我決定跟庄田先生到小柳生的城堡去。你自己多保重。」

「什麼啊？只剩我孤孤單單一個人哪？」

「沒關係，有緣的話以後一定會再見面的。城太郎你四海為家，我找到那人之前，也會跟你一樣。」

「妳到底在找誰？是什麼樣的人？」

「……」

阿通沒回答。只從馬背上對他笑一笑，跟他告別。城太郎跑離河邊，跳到渡船上。這渡船映著紅紅的夕陽，飄到河中心的時候，城太郎一回頭，望見阿通和喜左衛門已經走到木津河上游峽谷邊的笠置寺小路上。山影早早籠罩著山路，朦朧的身影，提著燈籠一路遠去。

粗茶淡飯

1

即使現今是學武之人如雨後春筍的時代，寶藏院的名聲依然特別響亮。要是有兵法家不明寶藏院就裏，只把它當成單純的寺廟，別人可就會認爲他是外行的武士了。

奈良更是如此。在奈良，大部分的人不知道正倉院，但只要有人問名槍寶藏院，大家就會立刻回答：

「啊！是不是在油坡的那家？」

此院座落在一片杉樹林的西側，樹林之大，連興福寺的天狗都會在此棲息。這裏有元林院舊址，令人想起寧樂朝的盛世；還有悲田院施藥院的舊址，聽說光明皇后爲了洗去千人的污垢，在此蓋過浴池。現在，這些地方都已雜草叢生，只有當時的石頭露出臉來。

聽說這裏就是油坡。武藏環顧左右。

「奇怪？」

雖然看到幾棟寺院建築，卻看不到像樣的大門，也看不到寶藏院的匾額。

此處的杉樹，經過冬寒春暖的洗禮，顏色正是最深沈的時節。透過樹梢，可望見明亮柔和的春日山，那山巒起伏猶如窈窕淑女。雖然這附近已近黃昏，但是，對面的山坡，陽光仍然燦爛光明。

武藏仰頭到處尋找類似寺廟的屋簷，終於——

「啊！」

武藏停下腳步。

——然而仔細一看，門上寫的不是寶藏院，而是跟它字形相近的「奥藏院」，第一個字不一樣。

他從山門往裏窺視，這裏看起來像是日蓮宗的寺廟。武藏以前未曾聽過寶藏院是屬於日蓮宗，所以他認爲這裏一定跟寶藏院毫無關係。

他站在門口，一臉茫然。這時候，剛好有一個奥藏院的小和尚回來，看到武藏，似乎覺得他形跡可疑，所以不斷打量著他。

武藏脫下斗笠。

「請問——」

「唔，什麼事？」

「你們寺院是叫奥藏院嗎？」

「沒錯，那兒寫得清清楚楚。」

「我聽說寶藏院是在油坂，這裏還有其他寺廟嗎？」

「寶藏院剛好跟本寺背對背。你是去寶藏院比賽的嗎？」

「是的。」

「果眞如此，最好別去。」

「咦？……」

「身體髮膚，受之父母。如果獨臂人要來補手臂，還可理解。但是，沒必要大老遠趕來變成獨臂人吧？」

看這小和尙的體格，大概也不是普通的日蓮宗和尙，所以有些瞧不起武藏。雖說武術大流行並非壞事，但最近大家接二連三湧進寶藏院，實在令他們吃不消。觀其字義，寶藏院本應是宗教的淨土，並非做什麼槍術買賣的。要眞有買賣行爲，也是以宗教爲本的衍生副業。前任住持覺禪房胤榮從前經常跟小柳生的城主柳生宗嚴來往，也跟宗嚴熟識的上泉伊勢守關係密切，所以不知不覺對武術萌生興趣，便當作娛樂開始學習。後來自行加上槍法，也不知從誰開始稱之爲寶藏院流。但這位嗜好武術的覺禪房胤榮已經八十四歲，老態龍鍾了。現在根本不見人。要是見了人，沒有牙齒的嘴巴只能微微蠕動。連話都不能講，更不用說槍法，他根本忘得一乾二淨了。

「所以我說去了也徒勞無功。」

小和尙好像存心要趕走武藏，語氣越來越不客氣。

2

「這些事，我也聽說了。」

武藏心知對方在愚弄自己，還是婉轉回道：

「可是，聽說權律師胤舜其後繼承寶藏院的精髓，成爲第二代住持，現在仍然繼續鑽研槍術，門徒衆多。只要是上門拜師學藝的人，來者不拒。」

「喔，那個胤舜大師，可說是敝寺住持的弟子。第一代覺禪房胤榮衰老之後，他認爲如果就此讓寶藏院聞名天下的槍法沒落，實在可惜。於是敝寺的住持就將從胤榮處學來的祕傳槍法，傳授給胤舜，使他登上寶藏院第二代的寶座。」

這些話聽起來拐彎抹角的，反正這日蓮和尚就是要暗示這個外來的武者，當今寶藏院的第二代住持是自己寺裏的住持所立。論槍術，日蓮寺奧藏院的住持也比第二代胤舜要正統得多了。

「原來如此。」

武藏先表示贊同，奧藏院的和尚這才心滿意足。

「雖然如此，你還是想去看吧？」

「這是我此行的目的。」

「說得也是……」

「您剛才說該寺和貴寺背對背，出這山門之後，要向右還是向左轉？」

「不不，眞要去的話，就穿過本寺境內，這樣近多了。」

武藏道了謝之後，按他說的走法從廚房旁穿過院子，往後門走去。後頭有柴房和味噌儲藏室，還有一片約五十畝的田地，展現在眼前，就像是鄉下富農人家的景像。

「應該是那裏吧？」

田園盡頭，又望見一座寺廟。武藏踩著柔軟的土地，穿過翠綠的蔬菜、蘿蔔、葱苗等等，往那頭走去。

田裏，有一個老僧拿著鋤頭在耕作。他是個駝子，背上好像放了一個木魚似。他彎腰鋤地，默不作聲，只看到兩道顯眼的雪白眉毛，像是特地植在額頭上。每挖一下土，就發出石頭的鏗鏘聲，打破這一片死寂。

老和尚應該是日蓮寺的人吧？武藏心想。

武藏本想跟他打招呼，但是懾於老和尚別無他念的專心之態，只好悄悄從旁走過。老和尚雖然低著頭，犀利的眼光卻從眼尾直逼自己腳邊。雖然對方不形於色，卻有一股說不出的凌人之氣，簡直不像是發自人身，而是石破天驚的雷霆氣勢，讓武藏全身悸動不已。

武藏身體僵硬，倒吸了一口冷氣。從十二公尺左右的距離回頭再探老和尚的動靜。武藏血脈沸騰，好像準備抵擋敵人長槍的攻擊。然而，老和尚仍然彎著腰，尖聳的背對著武藏，鏘——鏘——鏘——，鋤地的調子一點也沒變。

「他是何方人物？」

武藏抱著這個大問號，終於找到寶藏院的玄關。他站在那兒等待知客僧的時候，仍然苦思不解：剛才明明聽說這裏的第二代胤舜還年輕，第一代胤榮已經老得連槍法都不記得，可是……那老和尚一直低著頭的身影，始終在他腦海裏揮之不去。武藏大聲叫門，想甩開這惱人的思緒。

但是，四周一片死寂，只有沙沙的樹葉聲唱和，深奧的寶藏院沒有人出來應門。

3

仔細一看，玄關旁邊立著一個大銅鑼。

啊哈！原來要敲這個。

武藏一敲，裏面馬上傳來回聲。

出來應門的大個子和尚，雄健的體魄就像叡山僧兵的首領。他對武藏這種裝扮的訪客，顯然已經習以爲常。只瞥了武藏一眼。

「你是劍術家嗎？」

「是的。」

「來做什麼？」

「來求教。」

「請進！」

他往右邊一指。

看來是叫他洗腳，那裏有引水管將水引到盆裏。踩得扁扁的草鞋，大約有十雙左右，散亂一地。

武藏隨著知客僧經過一個漆黑的走廊，進入一個房間等待，這裏可看到窗外的芭蕉樹，除了引路的羅漢帶有殺伐之氣外，其他地方看起來就像普通的寺廟。空氣中還瀰漫著香火的味道。

「請在這裏寫上你曾在何處修行、流派，還有自己的姓名。」

大個子和尚拿來一本册子和筆墨來。

册子上面寫著：

登門者授業芳名錄

寶藏院執事

打開一看，上面寫著衆多修行武者的名字和來訪日期。武藏也仿照前人的寫法，但是流派名卻空著。

「你的兵法是向誰學的？」

「我是自我流。說到師父，少年時候，家父教了我鐵棍術，但也沒學好。後來立志學武，天下萬物、天下前輩，皆爲我師。」

「嗯……我瞭解了，但是我們這流派，是自先祖以來就聞名天下的寶藏院槍術。這槍術非常粗野、激烈，不是打著玩的。所以，你先看看芳名錄前的說明之後，再做決定，如何？」

武藏剛才並沒注意到，經他一說，就從地板拿起一册來看，原來的確有個誓約書，明文規定——在該院接受指導的學徒，不論是四肢不全或是死亡，皆不得有異議。

「我已明白了。」

武藏微笑地將册子放回地板。既然走上武者修行的道路，這是不管到哪裏都必須具備的常識。

「那就這邊請！」

對方又引他往裏面走。

兩人來到一個武館，空間寬大好像一個大講堂。粗大的圓柱，跟寺廟不太相配。欄杆間的雕刻，金箔已經剝落，塗在上面的粉彩，跟其他武館大不相同。

原來以爲只有自己一人，沒想到等待席已有十名以上的修行者。除此以外，還有十幾名身穿法衣的弟子，以及相當多純來見習的武士。現在，武館中央有一對拿著槍正在比賽，大家屏氣凝神地觀看。根本沒人發覺武藏悄悄坐到一旁。

雖然武館牆上寫著「志願者可持眞槍比賽」，但是，現在正在對峙的兩個人，手上拿的只不過是一支樫木棒。雖然如此，打到還是很痛。最後，有一方被打得一拐一拐地回到位子上，仔細一看，大腿已腫得像個大木桶，連坐都有困難，只好以手肘撐地，單腳伸直，面露苦狀。

「來，下一位。」

贏的一方將袈裟攏在背後，是一名手、腳、肩、額都有塊塊結實肌肉隆起的魁梧法師。手中的大槍一丈有餘，撐在地上，呼叫下一位。

4

「哪一位請上來——」

一人站了起來，好像也是今天才來寶藏院登門求教的修行武者。他用皮製束袖帶將袖子繫好，準備上場。

那位和尚凝然不動，待出場的這個人從牆邊挑選了一把短刀，才向自己行禮，便掄起地面的長槍，一槍刺過去。

「喝！」

和尚發出如野狗吠聲般的怒喝，往對方頭上撲過去。

「下一個！」

只一招，隨即收回長槍，恢復原來直立的姿勢。挨打的男子毫無動靜，雖沒死，但已無法自行抬頭。兩、三個法師弟子抓著他的腳，把他拖回座位，留下一道血痕，沾溼了地板。

「下一個呢？」

那和尚自始自終態度傲慢。武藏本來以爲那和尚便是寶藏院的第二代住持胤舜，向旁人詢問之下，才知道他叫做阿巖，是第一把交椅的弟子。平常的比賽都由稱為「寶藏院七足」的七個弟子出面，胤舜從不親自比試。

「沒人了嗎？」

和尚把槍橫放身邊。剛才帶路的羅漢，手拿上課名簿，一個個對照。

「這一位呢？」

他望著那位的臉龐。

「不不……，我還沒準備好。」

「那邊那位呢？」

「今天有點提不起勁。」

大家好像都很害怕。不知問過幾個之後，終於輪到武藏。

「你怎麼樣？」

武藏低下頭。

「請！」

「請是什麼意思？」

「請多指教。」

武藏站起身來，大家眼光立刻被他吸引。桀傲不遜的阿巖和尚已經退場，被其他和尚圍住，不知在嘿嘿大笑些什麼。聽到又有人出來挑戰，轉頭看了一下，但卻對比賽一副不耐煩。

「誰來代替我？」

他表情不屑地說道。

「哎呀！只剩一個了嘛！」

聽大家這麼說，他只好心不甘情不願地走出來，再次拿起剛才那把長槍。這支長槍顯然使用已久，透出烏黑的光澤。他端起長槍，用屁股對著武藏，往沒人的方向運氣，發出怪鳥般的叫聲「呀！呀！呀」，還沒叫完，突然連人帶槍衝了出去，往武館盡頭的木板猛力撞了過去。

那地方看來是他們的長槍練習台。他拿的雖然不是真刀真槍，只是根普通的木棒，但前端竟然像利刃一樣，噗哧插入練習台一塊新換的四方木板上。

——哎喔！

阿巖發出一聲怪聲，拔出長槍，飛身轉向武藏。從他渾身肌肉虬結的身體，冒出陣陣精悍之氣，他從遠處睥睨著手提木劍，看來有些呆滯的武藏。

「有請！」

阿巖帶著剛才刺穿木板的氣勢，正準備出擊，突然有人從窗戶外面發出笑聲：

「笨蛋！阿巖和尚要輸了，你仔細看看，對手可不是木板喔！」

5

握著長槍，阿巖轉頭怒斥：

「誰？」

窗邊的笑聲仍然不停。原來是個白眉老人，光亮的一顆禿頭，簡直可以當作骨董店的照明。

「阿巖！這場比賽你準輸的——等後天胤舜回來之後再比賽吧！」

老和尚要阻止比賽。

「啊？」

武藏想起來了。剛才來此途中，在寶藏院後面田裏，拿鋤頭工作的老農夫不就是眼前這個老和尚嗎？

念頭一閃之間，那老僧已不見蹤影。阿巖經老僧提醒，握著長槍的雙手本來稍有鬆懈，可是視線一跟武藏相遇，立刻把老和尚的話忘得一乾二淨。

「胡說什麼？」

他對著沒人的窗戶大聲斥罵，再次握緊長槍。

武藏爲求慎重，問道：

「你準備好了嗎？」

這一煽動，阿巖怒火中燒。他左拳緊握長槍，開始在地板上遊走。雖然他結實的肌肉猶如鐵塊般厚重，但是步履輕盈，雙腳又像踩著地面，又像浮在上面，猶如波間的明月，漂浮不定。

武藏則穩穩地踩著地面。

他除了兩手直握木劍之外，沒有特別的架式。倒是將近六尺的身軀，讓他看起來有些遲頓，而且肌肉不像阿巖紮實，只有一雙眼睛如獵鷹般直盯對方。他的眼珠並不烏黑，似乎滲入了血色，成爲透明的琥珀色。

阿巖突然甩了一下頭。

因爲汗水順著額頭流了下來，他不知是想把這個甩掉？還是老僧的話留在腦海造成干擾，所以想把它從意識中甩開？總之，他開始心焦如焚是事實，頻頻換位子，不斷引誘動也不動的武藏上鉤。而且眼神銳利，盯著對方不放。

「怎麼了？」

——突然，他出招了，隨之慘叫一聲倒在地上。而武藏在高舉木劍的一瞬間，也向後一躍。

同門的和尚蜂擁而上，圍著阿巖，烏鴉鴉的一片。也有人踩到阿巖拋在地上的長矛，跌跌撞撞的，非常狼狽。

「藥湯！藥湯！快拿藥湯來！」

有人站起來大叫，手和胸膛都沾滿血跡。

剛剛從窗外消失的老僧，繞道玄關跑了進來，但情況已演變成這種結果，只好苦著臉在一旁觀看，並且阻止匆匆忙忙要跑出去的人。

「拿藥湯幹嘛？藥救得了他嗎——笨蛋！」

6

之後，再也沒有任何人理會他，武藏覺得無趣，只好走到玄關，穿上草鞋。

此時，駝背的老僧追了過來，在他背後叫道：

「閣下！」

武藏轉頭回答：

「是——您叫我嗎？」

老僧說：

「我想跟你聊一聊，請你回屋裏來。」

老僧引他往裏走，經過剛才的武館，一直到更內部一間只有一個出口的，四四方方的密室。

老僧一屁股坐了下來。

「本來應該由方丈跟你打招呼，但是他昨天才到攝津，兩三天之後才會回來，所以由我來跟你打招呼。」

「您太客氣。」

武藏低下頭：

「今天讓我受益良多。但是，對於貴門下阿巖法師，我感到很遺憾，眞的很抱歉。」

「說這什麼話？」

老僧打斷他。

「在比武之前就必須覺悟，勝敗乃兵家常事。你別掛心。」

「他傷得如何？」

「當場死亡。」

老僧回答此話的口氣像一陣冷風，直吹武藏臉頰。

「……死了嗎？」

今天又有一個生命結束在自己的木劍之下。武藏遇到這種情況，都會閉目默念佛經。

「閣下！」

「是。」

「你叫宮本武藏嗎？」

「正是。」

「武術是向誰學的？」

「我是無師自通。小時候曾向家父無二齋學鐵棍術，之後遊遍天下，師法諸國前輩，天下山川亦爲我師。」

「你眞是有心人。不過，你的身子太強，太過強壯。」

武藏心想他是在誇獎自己，年輕的臉龐泛起陣陣紅暈。

「哪裏哪裏。我的技巧尚未純熟，還不成氣候。」

「不，就因爲這樣，必須把你的強勢稍微削弱一點，你還要再弱一點才行。」

「啊？」

「剛才我在菜園工作的時候，你不是經過我身邊嗎？」

「沒錯。」

「你走過我身邊時，距離我有九尺之遠，對嗎？」

「嗯。」

「爲何要這麼做？」

「因爲我感覺到你手上的鋤頭，好像不知什麼時候會掃向我的腳跟。而且，你雖然低頭挖土，但是你的眼光卻能看到我全身，而且透著一股要尋出我破綻的殺氣。」

「哈哈！正好相反喔！」

老僧笑著回答：

「當你走到離我六十公尺遠的時候，我的鋤頭就感到你所講的殺氣了——你每一步，都充滿鬥氣，充滿霸氣。當然我的心也跟著武裝起來。如果當時經過我身邊的是個普通的農夫，那麼我也只是一個鋤田耕作的老頭。所謂的殺氣，是你自己的影子啊！哈哈哈哈！你被自己的影子嚇到了，才會離我那麼遠啊！」

7

這個駝背老僧果然非泛泛之輩，武藏心想自己果然猜得沒錯。然而，兩人還沒交談之前，自己已經輸給這個老僧了，一想到此，不由得對他敬佩有加，猶如後進碰到前輩，必恭必敬。

「非常感謝您的教誨。我想請教一下，您在這寶藏院是何職責？」

「不，我不是寶藏院的人。我是這寺背後的奧藏院住持，叫做日觀。」

「噢，您是後面的住持？」

「我跟這寶藏院的前任住持胤榮是舊交，胤榮練長槍，所以我也跟著練習。以前還管些事，現在什麼都不管了。」

「這麼說來，這個寺院的第二代住持胤舜，是跟您學長槍術的弟子？」

「可以這麼說。本來佛門不必用到長槍，但是寶藏院在世間的名聲比較奇特，有人認爲寶藏院的長槍法失傳太可惜，所以我只傳授給胤舜一人而已。」

「胤舜大師回來之前，可以讓我住在寺院裏嗎？即使是偏僻的角落也行。」

「你想跟他較量嗎？」

「好不容易拜訪寶藏院，很想一睹院主的長槍法。」

「最好不要。」

日觀搖頭。

「沒有必要。」

他像在告戒武藏一般重說了一遍。

「爲什麼？」

「寶藏院的槍術，你今天從阿巖那兒已看出一點端倪了，還有什麼必要再看呢？如果你想進一步瞭解，看我就好，看我的眼睛。」

日觀聳起肩，把臉向前靠，跟武藏四眼相對。從他凹陷的眼眶中射出一道精光，好像眼球會飛出來一樣。武藏直視回去，只見老和尚的眼球一下子變成琥珀色，一下子轉爲暗藍色，不斷變化。最後，武藏眼睛開始暈眩，只好先把眼珠子轉開。

日觀大笑不止。這時有個和尚進來跟他請示了一個問題，日觀用下巴指著武藏：

「送到這裏來。」

有人立刻送來高腳的客桌和食物。日觀盛了尖尖一碗飯。

「粗茶淡飯，請用。不只對你，對其他的修行者，我們一樣獻上這些，這是本院的常規。那醃的東西是黃瓜，是寶藏院自己醃製的。瓜裏包了紫蘇和辣椒，非常美味，嘗嘗看。」

「那我就不客氣了。」

武藏拿起筷子，又感到日觀犀利的眼神。這是對方發出的劍氣？還是自己的劍氣，又讓對方產生戒備？這種兩人之間魂魄的微妙互動，讓武藏無法判斷其中的原因。

他笨拙地咬著醃黃瓜，擔心對方會不會像以往澤庵那樣，突然一拳揮來，或是突然飛來長槍。

「怎麼樣？要不要再來一碗？」

「我吃得很飽了。」

「我說寶藏院的醃黃瓜，味道怎麼樣？」

「非常美味。」

武藏嘴裏雖然這麼回答，實際上，一直到他走出寶藏院，只有辣椒的辣味還留在舌尖，至於醃黃瓜的滋味根本就想不起了。

奈良之宿

1

「輸了，我輸了。」

武藏自言自語地走在昏暗的林中小道，踏上了歸途。

有時，會有影子迅速躍過杉樹林。原來是一羣鹿，被武藏的足音所嚇，而倉皇逃走。

「在強壯上我是贏了——但我卻抱著失敗的心情離開寶藏院，這不等於表面上我雖贏了，實際上卻是輸了？」

他心有不甘，邊走邊罵自己境界還不夠。

「啊！」

他想起什麼事，止步回頭望去，寶藏院的燈火仍然明亮。

他往回跑，來到剛才的玄關門口：

「我是剛才的武藏。」

「哦？」

看門的和尚探出頭來。

「什麼事？忘了東西嗎？」

「明天或後天，會有人來此問我的消息，請你轉告他，宮本在猿澤池附近歇腳，叫他到附近的客棧找我。」

「啊！這樣啊！」

武藏看對方心不在焉，又補上一句：

「找我的人叫做城太郎，還是個小孩，所以請你一定要確實轉告他。」

說完，大步踏上道路，武藏又嘀咕：

「我果然是輸了——光是忘記交代城太郎的事，就表示我徹底輸給那位叫日觀的老僧了。」

要怎麼樣才能成爲天下第一劍呢？武藏爲此寢食難安。

這把劍！這一把劍！

在寶藏院明明戰勝了，爲何又感到自己青澀無能、未臻成熟？

他心情沈重，滿腹疑惑地來到猿澤池畔。

天正年間新蓋的民家，以這池爲中心順著狹井川的下游，雜亂分布在兩岸。前幾年，德川家的小吏大久保長安，在這附近建造了奈良奉行所。還有個中國移民林和靖的後裔，估計他的宗因饅頭在此會受歡迎，所以在這池邊開了一家店。

望著那一帶的點點燈火，武藏停下了腳步。到底要住哪一間客棧呢？這裏有無數的客棧，但是身上的盤纏有限，如果住在太寒酸的小店，又恐城太郎無法找到他。

剛剛才在寶藏院吃飽，但是走過宗因饅頭店的時候，武藏肚子又餓了。

武藏走進去坐下來，叫了一盤饅頭。饅頭皮上印了個「林」的字樣。饅頭味道鮮美，不像在寶藏院吃的黃瓜那樣食不知味。

「客官！您今晚要住哪裏？」

端茶來的女侍問起這件事，武藏剛好開口向她說明原委。她表示，店主有位親戚剛好家中兼營旅館副業，請他一定要住那裏，而且不等武藏回答，便說要去叫主人，逕自往後面跑去，帶來了一位黛眉的年輕老闆娘。

2

這戶人家很單純，離宗因饅頭店不遠，環境幽雅。

那年輕少婦帶著他往小門敲了幾下，聽到裏頭有人應聲之後，回頭對武藏低聲說道：

「這是我姊姊的家，所以不用擔心賞錢的問題。」

有個小丫頭出來應門，跟年輕少婦交頭接耳一番，才放心地把武藏帶往二樓，那年輕少婦說道：

「那麼，請慢慢休息。」

說完就回去了。

當做客棧，這房間和擺設都太高級了，反而令武藏無法安心。

他已吃飽，只要洗洗澡，就是睡覺了。但是，看這戶人家的情形應該不愁吃穿，爲何要收旅客呢？武藏心存懷疑，想睡又無法安心。

他問那小丫頭，對方只笑而不答。

第二天，武藏跟她說：

「這些日子有人會來找我，所以想在此多住幾天。」

「請便。」

小丫頭到樓下轉告這件事，這家的女主人終於出面打招呼。她年約三十，皮膚白皙，是個美人。武藏立刻說出他的疑惑，那美人則笑著說明原委。

她說她是能樂演奏家觀世某人的遺孀。現今的奈良，有很多浪人不懂禮儀，風紀敗壞無可形容。爲了取悅這些浪人，木辻附近突然增加許多熱鬧的飯館和妓女。可是，這些不知好歹的浪人，還不能滿足。他們帶著當地的年輕人，自稱是「探望未亡人」，幾乎每晚都去偷襲沒有男主人的家庭。

關原之戰以後，戰亂似乎停止了。但是，年年的會戰已使得浪人數目激增。所以，諸國城池外圍，惡棍到處夜遊，強盜橫行。也有人認爲，這種敗壞的風氣，從朝鮮之役後就開始出現，所以歸罪於太閤大人。反正，現在全國的風氣已經敗壞無遺了。

再加上關原戰後的浪人蜂擁而至，奈良城新任的奉行官已經無法加以約束了。

「哈哈哈！所以妳們要我這種旅客留宿，就是爲了要避這個？」

「因爲家裏沒有男丁。」

寡婦美人笑著回答，武藏也苦笑不已。

「你知道原因了，住多久都沒關係。」

「我瞭解。在下逗留期間，盡可放心。但是我有個朋友在找我，可不可以在門口掛個標示或什麼的。」

「沒問題。」

那寡婦在紙上寫著：

宮本先生在此住宿

貼在門外，就像一張護身符一樣。

當天，城太郎沒來。第二天，有三個武者闖了進來。

「我們想拜見宮本先生。」

他們一副見不到人絕不肯走的樣子，只好會會他們。原來是那天武藏打倒寶藏院的阿巖時，混在人羣中見習的人。

「哎呀呀！」

他們一副和武藏已是老交情的口氣，圍著他坐了下來。

3

「哎呀呀！眞令人驚訝啊！」

一坐下，那三個人就用誇張的語調，直拍武藏馬屁。

「恐怕訪問寶藏院的人當中，從未有人能一棒打倒號稱七足的高徒。尤其是那驕傲的阿巖，只呻吟了一聲，就吐血而亡，眞是大快人心。」

「您在我們當中，已備受推崇。當地的浪人也都在談論您，大家都在問：『到底宮本武藏是何許人哪？』同時寶藏院也因此名聲掃地呢！」

「閣下可說是天下無雙了。」

「而且還這麼年輕呢！」

「將來大有可爲！」

「我說這話可能有點失禮，但像您這麼有實力的人，當個浪人實在可惜。」

茶來了，他們一陣牛飲；糕餅來了，也狼吞虎嚥，吃得滿地都是餅屑。

而且，用盡三寸不爛之舌，頌揚武藏，令人難以自處。

武藏哭笑不得，只好等對方喋喋不休夠了之後，才開口問了他們的姓名：

這下子全都知道姓名了。但是，要是武藏不問他們爲何犧牲自己寶貴時間，來打擾別人的寶貴時間，那可會沒完沒了。所以找到一個開口的機會，問道：

「各位是……」

「眞是失禮。他是蒲生大人的家臣，叫做山添團八。」

「這位叫做大友伴立，專研卜傳流，胸懷大志，寄望時勢造英雄。」

「而我呢！叫做野洲川安兵衛，是織田將軍以來的，浪人之子，同時也是浪人……哈哈哈！」

「你們來此有何貴事？」

「對了對了！」

這一問，他們似乎才想起來此的目的，立刻膝行上前，說有要事商量。

「也不是什麼大事啦！我們在這奈良的春日名下，經營流行的行業，說到流行，可能會以爲是能劇，或是大衆化的表演。實際上，我們是經營賭博比武的，好讓民衆更瞭解武術。目前雖然只是一間小店而已，但一直很受歡迎。不過三個人實在忙不過來，而且說不定哪天有高手過來賭一場，就搶走既得的利益也說不定……因此才來跟您商量是不是可以請您加入。要是您答應，利益當然對分，而且期間食宿全算在內，包您大賺一筆，存點盤纏，如何？」

對方滔滔不絕，武藏雖然微笑聽完，最後則露出不耐的神態說道：

「不，這種事多談無用，請回吧！」

武藏斷然拒絕，三人非常意外。

「爲什麼？」

三人同聲追問。

至此，武藏已忍無可忍，露出年輕人固執的一面，昂然怒道：

「在下從不賭博。還有，我用筷子吃飯，不用木劍。」

「什麼？你說什麼？」

「聽不懂嗎？我宮本即使餓死，也要當個劍俠。笨蛋！滾回去！」

4

哼哼——一人嘴角浮現一抹冷笑；一人氣得面紅耳赤，臨走時還丟下一句：

「你給我記住！」

三人心裏都明白，即使聯合起來也不是他的對手。於是苦著臉，強壓著怒氣，只在腳步聲和態度上向他暗示：

我們可不是走了就沒事喔！

然後浩浩蕩蕩地離開。

這幾個晚上，和風徐徐，月夜朦朧。樓下的年輕屋主爲了感謝武藏留宿，使她們無後顧之憂，這兩天都招待他到樓下吃飯。今天晚飯後，武藏心情愉快地回到二樓，酒醉的身體橫躺在地上，也不點燈，只是恣情地伸展年輕的四肢。

「眞遺憾！」

腦中又響起奧藏院日觀老僧說的話。

敗在自己劍下的人，或是被他打得半死的人，都像泡沫一樣，從武藏腦海中迅速消失，忘得一乾二淨。但是只要是比自己優秀——讓自己感到壓力的人——武藏都一直無法忘懷。他們就像冤魂一般纏著武藏，讓武藏無法甩脫勝過他們的欲望。

「眞遺憾！」

他躺著，一把抓住頭髮。如何才能凌越日觀？對他那詭異的眼神要如何才能視而不見、不會有壓迫感呢？

這兩天他都悶悶不樂，無法忘懷此事。「眞遺憾、眞遺憾！」他喃喃自語，聽起來就像自己的呻吟聲，並不像在咒罵別人。

是不是我太差勁了？武藏心想。

他不得不懷疑自己的能力。碰到日觀之後，他開始懷疑自己是否能達到那種境界。本來，他的劍法就不是跟師父學習的，所以自己的功力到底到什麼地步，他也不清楚。

再加上日觀說過：太強了，再弱一點比較好。

這句話，武藏到現在說什麼也無法接受。身爲兵法家，不是越強越占優勢嗎，爲何反成了缺點呢？等等！那駝背老僧到底要說什麼，這也是個疑點。他可能看武藏還年輕，故意把歪理說成跟眞的一樣，讓他陷於五里霧中，然後在背後嘲笑他也說不定——

讀書，到底好還是不好呢？

武藏最近經常思考這個問題。關在姬路城的小房間讀了三年書之後，武藏跟以前已大不相同，養成了碰到任何事，一定要用理智思考的習慣。變得非要經過自己的理智思考之後，才能由衷承認一件事。不只是對劍法，對社會、對人的觀察，都已完全不同。

也因爲這樣，比起少年時期，現在已不是那麼勇猛，變得柔弱多了。可是，那個日觀竟然說自己還是太強，武藏知道他指的不是力量上的勇猛，而是自己天生的那分野性和霸氣。

「對兵法家而言，也許是不需要書本的智慧。也許，就因爲一知半解，對別人的內心或心情的變化，變得非常敏感，反而讓自己膽怯，不敢出手。要是閉著眼睛對日觀，揮拳一擊，搞不好他就像泥偶一樣脆弱呢！」

這時，樓下傳來腳步聲，好像有人上樓來了。

5

小丫頭露出臉來，後面跟著城太郎。旅途的汚垢，讓他本來就十分黝黑的臉，看起來更黑。像河童般的頭髮，沾了塵土，變得一片灰白。

「噢！你來了。眞會找啊！」

武藏張開雙手歡迎他。城太郎卻髒腳一伸，一屁股坐到他前面。

「唉！累死了！」

「找了很久嗎？」

「當然。找死我了。」

「問寶藏院的吧？」

「我問那兒的和尙，他們說不知道。大叔。你是不是忘了我的事？」

「沒忘。我還特地拜託他們呢——好了好了，你辛苦了。」

「這是吉岡武館的回信。」

城太郎說著，從他脖子上掛著的竹筒裏拿出回函，交給武藏。

「然後，另一件事，我沒見到那位叫本位田又八的人。但是，我已交代他的家人，幫我傳話。」

「辛苦辛苦！去洗洗澡吧！洗好了，到樓下吃飯。」

「這是客棧？」

「嗯，類似客棧的地方。」

城太郎下樓之後，武藏打開吉岡淸十郎的回函。

吾等期待再次比賽。要是冬季之前，你不來訪，我們就認爲你是膽小鬼，避不見面。讓世間恥笑你的懦弱。希望愼思爲荷。

這信看起來是別人代筆，文詞拙劣，只是達意而已。武藏撕了那封信，放在燭火上燒掉。灰燼像隻烤焦的蝴蝶，落到軟軟的榻榻米上，還兀自飄動。信上雖然說是比賽，實際上跟決鬥無異。今年冬天，不知是誰要變成灰燼。

武藏早已覺悟到，兵法家的生命是朝不保夕的。但是這些覺悟也不過是一種心理準備而已，如果生命眞的只到今年冬天的話，他的精神也絕對無法安定。

我還有很多事想做！修行兵法，還有身爲一個眞正的人要做的事，我都還沒做！武藏心想。想要像卜傳或上泉伊勢守那樣，帶著衆多的侍從，手上架著老鷹，牽著備用馬巡視天下。

還有，要娶個門當戶對的好媳婦，生養小孩，當個好丈夫經營一個溫暖的家，以彌補幼時的缺憾。不！在進入這個人生模式之前，也想偷偷結交世上的女子。這幾年來，日日夜夜念茲在茲的都是兵法之事，也就自然而然地保持了童貞。但是，這一陣子走在路上，看到京都或奈良的美女，都會讓他眼睛爲之一亮——應該說他的肉體爲之震撼吧。

這時候，他會立刻想到——

阿通

那個明知道離他已經很遙遠，卻又爲他牽掛的阿通。

雖然武藏只是茫然的想著她，也許在他孤獨的旅途中，在他自己也沒察覺的下意識裏，已撫慰了他寂寞的心呢！

不知何時，城太郎已經回到房裏。他已洗過澡，吃得飽飽的，而且任務完成，心情一放鬆，更加筋疲力盡，盤腿、雙手插在膝蓋中間、淌著口水，就這樣舒舒服服地打起盹來了。

6

清晨——

城太郎起了個大早，精神抖擻地跳下牀來。武藏也準備今天早點動身離開奈良，而且已經知會過樓下的女主人，所以當他正在換旅裝時，女主人上來了。

「哎！這麼快就要走了？」

能樂師的年輕寡婦，有點捨不得，抱來一疊衣物，說道：

「很冒昧，這是我前天開始縫製的小袖和羽織，想送給您當作臨別贈禮，不知您中不中意，還請笑納。」

「咦？送我這個？」

武藏瞪大眼睛。

只是客棧的贈品，沒理由送這麼貴重的禮物。

武藏婉拒了，寡婦卻說道：

「不，這不是什麼貴重的東西。家裏留了一大堆舊的能劇衣裳，還有男用的舊小袖，放著也沒用。

剛好碰到您這樣的年輕人正在修行武術，所以就修改一下，希望您能穿得上。我是特地照您的尺寸縫的，如果您不接受，就跟廢物沒兩樣，所以請您一定要接受……」

說完，繞到武藏背後，逕自替他穿上。

這些對武藏來說，實在太奢侈了，令他不知如何是好。尤其是那無袖羽織的布料，看來是舶來品，而且樣式豪華，滾著金邊，內面縫了兩層棉心，連繫帶都很講究，是染成紫紅色的皮革。

「很合身呢！」

城太郎跟著那寡婦也看得入神，然後，老實不客氣的問：

「阿姨！妳要送我什麼呢？」

「呵呵呵！可是你是跟班的，跟班的穿這樣子就行了嘛！」

「我才不想要那些衣服呢！」

「那你想要什麼呢？」

「能不能送我這個？」

他突然把掛在隔壁房間的面具拿了下來，他似乎從昨晚第一眼看到它時就愛不釋手。

「這個，送給我。」

說完，把面具戴在自己臉上。

武藏對城太郎犀利的眼光感到很驚訝。其實，在此留宿的第一天，這面具就吸引了他的注意。雖然他不知道這個面具的作者是誰，但看得出來若不是室町時代，至少也是鎌倉時代的作品，應該是能劇中的道具。這個鬼女的臉，雕鑿得非常精細。

光是這些，並不會令人傾心不已。這面具跟其他普通的能劇面具不同，非常奇特。普通的鬼女面具，大都塗上詭異的青藍色。這鬼女面具卻美麗端莊，白色的臉顯得非常高貴，怎麼看都是個美女。

唯一露出鬼女特色的地方是這美女微笑的嘴角。月牙形的嘴唇，往左臉銳利地猛翹上去，雕法俐落，不知是出自哪位名匠的冥想，表情有一股說不出的淒美韻味。很明顯地，她一定是模擬活生生的狂女笑容而雕成的。這陣子，武藏一直欣賞這個作品。

「哎呀！這個不行。」

看來這面具對年輕寡婦來說，也是個寶物。她伸手來搶，但是城太郎卻把面具推到頭上。

「有什麼關係嘛？不管怎麼樣，這東西我要定了！」

他手舞足蹈，在房裏逃竄，說什麼也不肯還。

7

小孩子一皮起來，眞是沒完沒了。武藏察覺寡婦的爲難，便責備道：

「城太，不可以這樣？」

城太郎不但不痛不癢，還將面具收到懷裏。

「好嘛！阿姨！送給我嘛！可以嗎？阿姨！」

說完，一溜煙地爬下樓去了。

年輕寡婦不斷喊著：

「不行！不行！」

知道是小孩胡鬧，所以她也沒生氣，只是邊笑邊追著他跑。隔了一會兒，正納悶怎麼還不上來，只聽見城太郎一個人咚咚咚地爬上樓來。

上來一定要好好罵他，武藏這麼想著，對著入口的地方端正坐好，沒想到突然——

「喝！」

鬼女的微笑面具，比城太郎的身子先露了出來。

武藏嚇了一跳，肌肉緊繃，連膝蓋都顫了一下。爲何他會受到這麼大的衝擊呢？他也不知道。雖然如此，當他在樓梯口仔細端詳手上的面具時，馬上恍然大悟。原來是名匠留在面具上的氣魄，使他感到震撼。從白皙的下巴，往左耳猛翹的月牙形嘴唇，隱藏了一分妖蠱之氣。

「好了，大叔！我們走吧！」

城太郎站在那兒說道。

武藏沒起身。

「你還沒還給人家啊！你不可以拿那種東西。」

「可是，阿姨說可以，已經送我了。」

「她不可能答應，快拿到樓下去還。」

「才不呢！剛才我在樓下說要還她，那阿姨卻說看我那麼喜歡，就送我，只要我好好珍惜。我向她保證會好好珍惜，她就眞的送給我了。」

「眞拿你沒辦法。」

怎能平白無故收受這麼貴重的面具和小袖呢！武藏耿耿於懷。

他想至少要回個禮才對。但是論金錢，這家似乎不缺，身邊又沒東西可送的，只好下樓去，對城太郎的無理取鬧深表歉意，並將面具還她。那年輕寡婦卻說：

「不，仔細想想，那面具不在家裏，也許可以讓我輕鬆不少。再加上他那麼喜歡，您就別責備他了。」

聽她這麼一說，武藏更確定那面具一定有著不尋常的歷史，更堅持要還。可是，城太郎已經得意洋洋，穿好草鞋，等在門外了。

「告辭了。」

比起面具，年輕寡婦對武藏似乎更依依不捨，不斷叮嚀，下次到奈良，一定要再來住幾天。

武藏最後只好全盤接受對方的好意，正在綁鞋帶時——

「太好了！客官！您還在呀！」

宗因饅頭店的老闆娘也就是這家女主人的親戚喘著氣跑了進來。對著武藏，還有自己的姊姊也就是那位當家的寡婦，說道：

「不行呀，客官！您不能走啊！不得了了，先回二樓再說。」

她嚇得牙齒直打顫，好像有什麼可怕的東西在後面追她一樣。

8

武藏繫好草鞋鞋帶之後，靜靜地抬起頭來。

「什麼事不得了了？」

「寶藏院的和尚們知道您今早要離開，十幾個人拿著長槍往般若坡的方向去了。」

「哦？」

「寶藏院第二代住持也在裏面。讓衆人爲之側目。我那當家的心想一定發生了什麼大事，就拉了其中一位心地善良的和尚問個明白。那和尚回答說，有位叫宮本的男子，四、五天前住進你親戚家，聽說今早要離開奈良，他不是約我們在半路相會嗎？」

宗因饅頭店的老闆娘一對黛眉顫抖不止。她驚恐萬分地說，今早離開奈良，就等於是去送命，所以最好先躲到二樓，等夜裏再逃出去。

「哈哈——」

武藏坐在門坎上，也不準備出門，也不準備回二樓。

「他們說過要在般若坡等在下嗎？」

「地點不太確定，反正是往那個方向去的。我那當家的聽完嚇了一跳，又去街上打聽了一下，聽說不只寶藏院的和尚，各十字路口到處擠滿了奈良的浪人，都說今天要抓住叫宮本的男子交給寶藏院——您是不是說了寶藏院什麼壞話呀？」

「不記得有這回事。」

「可是，寶藏院那邊都說，您派人到各十字路口張貼嘲諷的打油詩，使他們非常生氣。」

「沒這回事，他們搞錯人了吧？」

「所以我說，如果因此丟了性命，不是太不值得了嗎？」

「……」

武藏忘了回答，只是抬頭仰望天空。他想到了！這事他幾乎已經忘了，不知是昨天還是前天，有三個浪人說他們在春日開賭場，還邀他加入。

他確實記得一人叫山添團八，另外兩人叫什麼野州川安兵衛跟大友伴立。

武藏推測，當時，那些人帶著邪惡的表情離開，肚子裏也許早打定了壞主意，才會有今天這個事件。

他們可能到處假冒自己的名字，說寶藏院的壞話，在十字路口張貼打油詩，想來也是他們的傑作。

「走吧！」

武藏站起來，把旅行包袱的帶子綁在胸前，手拿斗笠，向宗因饅頭店的老闆娘，還有觀世家的未亡人致謝之後，踏出了門外。

「您說什麼都要走嗎？」

觀世家的遺孀，紅著眼眶，一直送到門外。

「要是我等到天黑，會給妳們惹禍的。謝謝妳們這幾天來的照顧。」

「我們不要緊。」

「不了！我們還是走吧——城太郎！你不道個謝嗎？」

「阿姨！」

城太郎叫了一聲，跟著低頭致意。他也突然變得心情沈重起來，並不是捨不得離開，而是他尚未完全瞭解武藏，從在京都的時候開始，大家就說武藏武藝平庸，現在又聽到聞名天下的寶藏院院眾帶著刀槍，正等著自己的師父。即使小孩都會感到一絲不安，心情跟著沈重起來。

般若荒野

1

「城太郎！」

武藏停下腳步，回頭叫他。

「是。」

城太郎揚起眉毛。

奈良的城鎮已拋在背後，離東大寺也很遠了。走在兩旁街樹林立的月瀨街，透過樹梢望去，般若坡所在的平緩丘陵，以及若把此地比作裙裾，那麼像豐滿乳房般聳立在右胸部位的三笠山，感覺都近在咫尺。

「什麼事？」

走了七、八百公尺左右，來到此地，城太郎只顧默默尾隨在後，沒露過一絲笑容。他覺得他正一步一步走向死亡。剛才，經過昏暗潮溼的東大寺時，有水滴突然掉落在胸前，讓他嚇了一跳，不禁大叫一聲。看到一羣不怕人的烏鴉也覺得很討厭。此時武藏身後已有淡淡的影子出現了。

不管他們想躲到山裏，或是寺廟，都不是不可能的；要逃走也不會逃不了。可是，爲什麼非要往寶藏院眾人聚集的般若荒野走去呢？

城太郎百思不解。

難不成要去道歉？

他如此猜測。如果要道歉，自己也可以一起向寶藏院眾人道歉。

誰是誰非，也不是問題了。

正想到此，武藏剛好停下腳步，喊了一聲——城太郎——讓他嚇了一大跳。但是，他猜想自己一定臉色蒼白，他不想讓武藏看到，所以故意抬頭仰望天空。

武藏也跟著抬頭。世上好像只剩他們兩人，城太郎孤獨無助，心情沈重。

沒想到，武藏卻用再平常不過的聲調說道：

「眞是太棒了！從現在開始的旅程，簡直就像踏著黃鶯的歌聲前行呢！」

「咦？您說什麼？」

「黃鶯的歌聲。」

「嗯，也對。」

城太郎終於回到現實。武藏光看到這少年發白的嘴唇，心裏就明白了。這小孩眞可憐，而且這一回說不定要跟他永別了。

「般若荒野快到了吧！」

「嗯，已經過了奈良坡了。」

「我說啊！」

「……」

四周傳來黃鶯的啼聲，但聽在城太郎耳中，只覺異常淒寒。城太郎眼神渾濁迷惘，抬頭茫然望著武藏。他呆滯的眼眸，跟早上搶著要面具時充滿童稚的活潑神態簡直判若兩人。

「我們差不多要在這裏分手了。」

「……」

「遠離我——要不然就要吃棍子了！你沒理由為我受傷。」

城太郎一聽，眼淚立刻汩汩地順著臉頰流了下來，雙手手背不斷揉著眼睛。他哭得肩部起伏，全身不斷抽噎。

「哭什麼？你不是兵法家的弟子嗎？萬一我殺開一條血路，你也往我逃走的方向逃。還有，要是我被殺了，你要回京都原來的酒館繼續工作——我會在遠遠的天上看著你，好嗎？喂……」

2

「爲什麼哭？」

武藏一問，城太郎抬起濡溼的臉，拉著他的衣袖。
「大叔！我們逃走吧！」
「武士是不能逃的，你不是要當這種武士嗎？」
「我好害怕。我怕死。」
城太郎全身顫抖不已，抓著武藏的袖子，死命地往後拉。
「你可憐可憐我，逃走吧！我們逃吧！」
「唉，你這麼一說，我也想逃了。我從小就失去骨肉親情，你跟家人緣薄的程度，也不輸我。我眞的想要你逃走——」
「快！快！現在就逃吧！」
「我是武士，你不也是武士的兒子嗎？」
城太郎氣力用盡，只好坐到地上。雙手搓著臉，把淚水都染黑了。
「可是，別擔心。我想我不會輸的。不，是鐵定會贏，贏了就沒事了吧？」
雖然武藏這樣安慰他，城太郎還是不相信，因爲他知道寶藏院埋伏在前面的至少有十人以上。自己的師父不夠厲害，即使一對一也不可能會贏的。
今天要赴這死地，不管是生是死，心裏都要有萬全的準備才行。不，應該說早已有心裏準備了。
武藏對城太郎雖然又愛又憐，但是他這樣只會帶來麻煩，讓人心焦不已。
武藏突然把他推開大聲斥喝。

「不行！像你這樣是當不成武士的，給我回酒館去！」

少年的內心似乎受到莫大的侮辱，被武藏的聲音一嚇，連哭也忘了。他帶著驚嚇的神情立刻爬了起來，對著大步走開的武藏背影——

大叔！

強忍住心中的吶喊，他靠在身旁的樹幹上，把臉埋在雙手裏。

武藏沒有回頭。但是，城太郎啜泣的聲音一直繚繞在耳邊，揮之不去。他似乎可以見到身後那個無依無靠的薄命少年的身影。

我怎會帶他出來啊！

武藏內心懊悔不已。

想到連自己都尚未學成，再加上自己只是抱著孤劍，今日不知明日事的人——修行的兵法家是不應該有人隨行的啊！

「喂——武藏先生！」

不知何時，他已穿過杉林，來到一片曠野之地。雖說是曠野，但這裏地形起伏，是山腳地帶。叫他的男人好像是從三笠山的小路來到這曠野的。

「您要去哪裏？」

他邊跑來，邊問了兩次同樣的問題，然後並肩一起往前走。

這男子叫山添團八，就是上次到他借宿的觀世家遺孀家的三個浪人之一。

終於來了！

武藏立刻看穿這一切。

但還是假裝若無其事。

「噢，前幾天我們見過面。」

「唉，前幾天眞是失禮了。」

那人連忙道歉，態度異常謙恭。他低著頭，瞟了武藏一眼。

「上次那件事，還請把它忘了，別介意。」

3

雖然這個山添團八前幾天在寶藏院見識過武藏的實力，心裏多少有點懼怕。但是看武藏才二十一、二歲，不過是個鄉下武士，就像魚長了一點鰭，才剛剛游入這個社會，因此並未眞心尊敬他。

「武藏先生！你要往哪裏去？」

「先到伊賀，然後到伊勢路。你呢？」

「我有點事，要到月瀨。」

「柳生谷是不是在那附近？」

「離這裏四里處是大柳生，再走一里是小柳生。」

「有名的柳生大人的城池在哪裏？」

「離笠置寺不遠，您最好也去那地方看看。現在老城主宗嚴公已經退休，住到別墅去，專研茶道，不問世事；他的兒子但馬守宗矩，被德川家召到江戶去了。」

「像我們這些不起眼的區區遊歷者，也會傳授武術給我們嗎？」

「如果有人推薦會更好。對了，我要去月瀨拜託的鎧甲師父，就是一位經常出入柳生家的老人家。我順便幫你拜託一下也可以。」

團八刻意一直走在武藏的左邊。這裏除了稀稀疏疏長著幾棵杉樹和楨樹外，視野遼闊，綿延數里之廣。只有一些起伏不大的低矮山丘。那裏的道路雖然多所起伏，但坡道和緩。

快到般若坡了。山丘的另一邊冒出褐色的煙，好像有人生了火堆。

武藏停下腳步。

「奇怪？」

「什麼事？」

「你看那煙。」

「那煙怎麼了？」

團八緊隨在武藏身旁，看著他，表情有點僵硬。

武藏指著：

「那煙看起來有一股妖氣。你覺得如何？」

「您說妖氣？」

「就像——」

指著煙的手指，這回轉向團八的臉。

「藏在你眼中的東西——」

「咦？」

「我讓你看看，就是這回事！」

突然，一聲慘叫劃破春野寂靜的天空，團八的身體飛得老遠，而武藏已抽身回到原位。

有人在某處驚叫：

「啊！」

聲音發自武藏兩人剛才走過的山丘，他們的身影依稀可見，也是兩個人。

他們的慘叫聲，就像在說：

「被幹掉了！」

他們揮著手，不知往何處跑走了。

武藏手上低握的刀刃，反射著陽光，閃閃發亮。飛出去的團八已經無法起身了。

血沿著刀稜垂直滴了下來，武藏再度跨步出去，神態安寧，踩著野花，往煙的方向走去。

4

暖和的春風，像女人柔細的雙手，撫著武藏的鬢毛，但他覺得自己怒髮衝冠。

一步一步地，他的肌肉綳緊，硬如鋼鐵。

站在山丘上向下望去——

平緩的原野上，有一片寬闊的沼澤。煙就是從這片沼澤升上來的。

「他來了！」

大聲喊叫的，不是圍著火堆的一大羣人，而是和武藏保持遠距離，往火堆方向跑去的兩個人。

現在，已經可以看清那兩人就是被武藏一刀擊殺、此刻躺在武藏腳邊的團八的朋友——野洲川安兵衛還有大友伴立。

眾人聽到他們的呼喊，立刻問道：

「啊！來了？」

圍著火堆的人，同時從地上跳了起來。還有離火堆不遠的地方，聚集在向陽處的人，也都站了起來。

總共有三十餘人。

其中有半數僧侶，半數浪人。武藏的身影出現在山丘對面，從這片平野沼澤通往般若坡的道路上。

唔——

雖然沒出聲，一股殺氣已凝聚在那羣人上空。

再加上他們看到武藏手上的劍，已經沾滿血跡，顯然在雙方尚未照面前戰火已點燃。而且這不是由埋伏的眾人引發的，而是大家認定會出現的武藏先向他們宣戰。

野洲、大友兩人叫著：

「山添，山添他……」

他倆似乎正誇張地轉告眾人，他們的同伴已經遇難的消息。

浪人們咬牙切齒，寶藏院的僧侶也大罵：

「可惡！」

大家擺出陣容，瞪視著武藏。

寶藏院十數人，都手持長槍。有單鎌槍、菱形槍，隨各人喜好人手一槍，黑色袖子綁在背後。

「我們天今卯上了。」

寺院的名譽，還有高足阿巖的受辱，這些舊帳都要在此洗刷的意志，讓他們簡直與武藏不共戴天。就像地獄裏的鬼卒般，一字排開。

浪人則自行聚在一起，打算一方面包圍武藏，防止他逃走，一方面看熱鬧。其中還有人在心底冷笑。

可是，根本不必如此，他們只要站在原地，圍成自然的鶴翼形狀就行了。因爲敵方武藏一點也沒逃走的跡象，反倒神態自若，穩如泰山。

武藏繼續走著。

一步一步好像踩在黏土地上，步伐紮實。經過柔軟的嫩綠草原，一點一點地——雖然如此，但他帶著老鷹般隨時可以竄起攻擊的姿態，對著眼前的羣眾——應該說面對死神——慢慢靠近。

5

——來了！

沒人開口說話。

但是，隻手拿劍的武藏，恐怖得猶如一片蘊含豐沛雨水的烏雲，即將降在敵人的心臟地帶。

「……」

這是風雨前的寧靜，亦即雙方心中只想到死亡的一瞬間。武藏臉色蒼白，好像死神藉著他的眼睛，閃閃發光地窺伺眼前衆人。

——誰先送死？

以眾擊寡，不管浪人或是寶藏院的人，在人數上當然是占優勢。也因此，沒有人的臉色像武藏那麼蒼白。

反正總會贏的。

恃眾而驕的氣氛，讓他們太過樂觀，只知道互相警戒別讓那死神般的眼神盯上了。

忽然——

一名站在寶藏院行列最旁邊的僧侶，一聲令下，十幾名黑衣人影，長槍攻姿一致，喝——地大叫一聲，陣式不變，跑向武藏右側。

「武藏！」

那位僧侶開口叫他。

「聽說你學了一些雕蟲小技，趁胤舜不在打倒門下的阿巖，而且到處散播寶藏院的壞話，還在各十字路口張貼打油詩，嘲笑我們。有無此事？」

「沒有！」

武藏的回答簡明扼要。

「你們當和尚的不只用眼看，用耳朵聽，還要多用點腦筋！」

「你說什麼？」

武藏的話簡直如火上加油。

除了胤舜之外，其他的僧侶異口同聲道：

「不必多言！」

排在武藏左邊，和寶藏院僧人形成夾擊之勢的浪人也大叫著：

「沒錯！」

「廢話少說！」

罵聲吵雜，浪人們揮動著自己的大刀，想煽動寶藏院的人動手。

武藏眼看這些浪人動口不動手，知道他們只是烏合之眾。

「好！不說廢話——誰先上？」

武藏眼光一落到他們身上，這些浪人便不自覺地往後退縮，其中有二、三人大吼一聲：

「我們先上。」

他們手握大刀，擺出架式。而武藏突然對著其中一人飛躍過去，猶如餓虎撲羊。

噗咻——隨著一聲猶如瓶塞飛出的聲音，當場鮮血四濺，那是生命與生命碰撞發出的聲響。不像單純的吶喊，也不是話語，是人類從喉嚨發出最怪異的叫聲。正確地說，那是人類言語無法形容的接近原始森林中的野獸吼聲。

刷、刷——武藏手中的劍強烈震動直達心臟時，也正是他擊砍人骨的時候。一劍砍下，刀鋒隨即噴出如虹般的鮮血。接著腦漿迸射，手指四散，白蘿蔔般的手臂，飛向草叢。

6

剛開始，浪人之間充滿看熱鬧的輕鬆氣氛，大家心想：

主角是寶藏院，我們是來觀戰的。

然而武藏在戰術上，當然會判斷這羣烏合之眾，攻之即破，所以對他們先下手爲強。

原本他們心想寶藏院嚴陣以待，因此有恃無恐，不慌不忙。

沒想到——

雖然雙方已經開打，而兩個同伴也已倒地，且有五、六人正與武藏交手，而寶藏院的人卻袖手旁觀。

混蛋！

打呀！快！

哇——

打、打……

你這混蛋！

幹掉他！

叫喊聲夾雜在刀光劍影中。浪人雖然對寶藏院不戰的態度感到奇怪和忿恨不平，但還是向他們求助。可是，長槍陣依然不動如山，靜如止水，連聲援都沒有。浪人們爲了跟他們毫不相關的武藏，陷於被砍殺的困境，雖然想抗議：

這跟原來的約定不符，他是你們的敵人，我們只是第三者。這麼來不是本末倒置了嗎？

但是，手忙腳亂，根本無從開口。

他們就像酒醉的泥鰍，在血泊中暈眩了頭，還有自己人打自己人的。因爲他們已無法辨認出武藏，所以刀劍亂揮，就成了自己人的致命傷。

而武藏對自己該如何行動，也根本毫無打算。只是將構成他生命的全部肉體機能，在一瞬間完全凝聚在三尺不到的刀身上。五、六歲時，父親的嚴格管教；關原之戰的體驗；還有獨自與山林爲伍，領悟到的道理；以及遍訪諸國，在各武館得到的理論；總之，自己這一生所有的鍛鍊，都在無意識當中，從五體爆發出能源的火花。而且，這五體已經跟他所踩的大地花草形成一體，完全解脫了人類軀體的禁錮。

——生死一如。

他的腦中根本沒考慮生死這回事。

這就是身陷刀光劍影當中的武藏。

「被砍到了就倒楣」、「我不想死」、「讓別人去當擋箭牌」，心有此雜念的浪人們，雖然咬著牙根拚命，但不僅砍不倒武藏，更諷刺的是，越不想死，就死得越快。

嚴陣以待的寶藏院中的一人，一邊眼觀戰況，一邊數著自己的呼吸，這一切若以呼吸數來算，大概不到十五或二十下，也就是在瞬息之間就發生了。

武藏全身染血。

剩下十人左右的浪人，也多鮮血淋漓。附近的草木、大地，已成一片朱泥。空氣中瀰漫著血腥味，令人做嘔。浪人至此已不再等待支援。

「哇——」

他們大叫一聲，抱頭鼠竄，往四面做鳥獸散。

就在此刻，寶藏院的白穗槍陣，就像拉滿的弓，啪——地整齊畫一，展開行動。

7

「神啊！」

城太郎雙手合掌，仰天膜拜。

「神啊！請幫助我的師父。他現在在這下面的沼澤，單槍匹馬，以寡敵眾。我的師父雖然不夠厲害，但是他可不是壞人！」

武藏雖然把城太郎趕走，他卻沒離開武藏，一直遠遠地跟著他。現在城太郎來到般若荒野的山丘，跪在地上。

他把面具和斗笠放在身邊。

「八幡大神！金毘羅大神！春日宮眾神！四方眾神！我的師父現在慢慢走向敵人了！他眞可憐，平常很懦弱，但是今天早上有點奇怪，要不然他怎麼敢一個人去對付那麼多人呢？各位神明，請助他一臂之力啊！」

千拜萬拜，城太郎幾乎失去理智，最後終於大吼大叫：

「這個世界有沒有神啊？如果卑鄙的多數勝過正直的一人，或是邪惡的人無法無天，正義的人被殺死，我就說以前什麼道理都是騙人的，可別怪我！不，果眞如此，我要對眾神吐口水嘍！」

雖然很幼稚，但他的眼中布滿血絲，比起那些懂得深奧理論的大人，他怒氣沖沖的氣勢，更令人動容。

不只如此。當城太郎向神明描述遠方溼地上，武藏一人被眾人圍殺，就像旋風吹掃一根小針的情形時，更是激動。

「畜牲！」

他雙手握拳亂揮。

「太卑鄙了！」

他大叫：

「哼！如果我是大人……」

他雙腳跺地，大聲哭罵：

「混蛋！混蛋！」

他不停在原地繞著圈子：

「大叔！大叔！我在這裏啊！」

終於，他自己變成神明似。

「你們這羣野獸！要是殺了我師父，我絕不原諒你們！」

他使盡吃奶的力氣，大聲吼叫。

遠處刀光劍影，你來我往，形成一片黑鴉鴉的漩渦。從漩渦當中，噗咻——噗咻——一道道血柱不停噴灑，一個人、二個人相繼撲倒，原野到處布滿屍體。城太郎一看——

「耶！大叔砍得好！我師父厲害得很喔！」

這少年鐵定從沒看過人類猶如野獸般互相廝殺，血流滿地的光景。

城太郎不知不覺也陷入那個漩渦當中，想像自己血染全身，陶醉其中。這異常的興奮，震撼了他的心窩。

「活該！怎麼樣？你們這些無賴！現在知道我師父的厲害了吧？寶藏院的烏鴉們！嘎嘎嘎——活該！拿著長槍，手也動不了，腳也動不了！」

但是，遠方形勢一變，本來靜觀不動的寶藏院衆人，突然舉槍，開始行動。

「啊！不好了，要總攻擊了！」

武藏危險！城太郎也知道危機現在才開始。他顧不得自己，小小的身體像個火球，宛如岩石從山丘上滾落，直驅而下。

8

盡得寶藏院第一代槍法眞傳，無人能出其右的第二代胤舜，一直執槍靜觀。門下十幾個和尚蓄勢待發。此時，胤舜厲聲對他們一聲令下：

「出擊！」

話聲甫落，咻——地一道白光，往四面八方轟然散開。和尚的光頭，顯露出一種特別的剛毅和野蠻。

長槍、單鎌槍、菱形槍、十字槍，人手一柄平常慣用的武器，與和尚頭一樣閃耀著嗜血的光芒。

——啊哦！

——嘿！

呼聲一起，有些槍尖已沾上血跡。今天就像是絕無僅有的實地練習日。

武藏突度感到對方是——

一股生力軍。

不覺向後退一步。

壯烈犧牲吧！

已經疲憊不堪的腦海裏，忽然浮現這個念頭。武藏立刻握緊手上血肉模糊的大刀，努力睜開充滿血汗的眼睛。然而，卻沒有一隻槍是朝他刺來的。

「……咦？」

接下來的光景更令人無法相信，他茫然望著這一切不可思議的事實。

因爲和尚手持的長槍，竟然對著應該是跟他們一夥的浪人。就像獵犬看到獵物，窮追不捨。

有些浪人好不容易從武藏手中脫逃出來，正想喘一口氣，卻聽到和尚叫他們：

「等一等！」

於是停下腳步，卻被和尚罵道：

「你們這些蛆蟲！」

用槍一戳，把他們打得老遠。

有的人連滾帶爬地大叫：

「喂！喂！幹什麼？你瘋了？笨和尚！你搞清楚，別打錯人了！」

和尚卻對著他們的屁股，或打或戳。有些和尚甚至用槍從左頰刺穿右頰，讓浪人們就像啣著一柄槍。

「滾開！」

然後他們當作沙丁魚串燒般掄起舞弄。

一陣恐怖屠殺之後，整個荒野籠罩著詭異的氣氛。太陽也似乎不忍卒睹，躲到雲後。

全殺光了！和尚竟然將僅存的浪人趕盡殺絕，沒放一個活口走出這般若荒野的沼澤。

武藏不敢相信自己的眼睛。縱使心裏一片茫然，但是握著大刀的雙手，還有賁張的氣勢卻一點也不敢鬆弛。

爲何他們要互相殘殺？

他無法瞭解。縱使武藏自身仍然身陷毫無人性的血肉爭奪中，還沒有從魔鬼和野獸合而爲一的體熱中甦醒過來，但是，眼前的趕盡殺絕，卻令他瞠目結舌。

不,應該說他會有這種感覺,正是他人的屠殺促使他恢復了人性。

同時,他也發覺城太郎抓著自己那僵硬得好似釘在地面的雙腳——還有雙手,嚎啕大哭呢!

9

「——您是宮本先生吧?久仰大名。」

身材高大、臉色白皙的僧侶,慢慢走向武藏,態度彬彬有禮。

「噢……」

武藏好不容易恢復意識,垂下刀刃。

「我是寶藏院的胤舜。」

「哦!你就是……」

「前幾天你特地到敝院,剛好我不在,眞是遺憾。當時門下的阿巖行爲無狀,醜態畢露,身爲師父的我覺得非常慚愧。」

武藏有些懷疑自己的耳朶,沈默了片刻。

這個人的言辭,還有謙恭有禮的態度,令武藏不得不以禮相對。但是,他得先整理一下自己混亂的思緒。

首先是寶藏院的人爲何將原本朝向自己的槍尖,突然轉向跟他們一夥,並且因信任他們而顯得輕忽大意的浪人，甚至殺得片甲不留？
武藏無法理解，對這意外的結果感到十分意外。而且自己竟然還活著，也讓他自己感到驚訝。
「請先清洗身上的血漬，休息一下吧！請，這邊請。」
胤舜先行，帶領武藏到火堆旁。
城太郎則跟他寸步不離。
和尚們撕開早已準備好的奈良白布，擦拭長槍。這些和尚，看到武藏和胤舜在火堆旁，一點也不覺訝異。他們自己也神態自若地開始閒聊。
「你看！這麼多烏鴉。」
有一人手指天空。
「烏鴉已經聞到血腥味，看到這原野上的遍地屍體，正準備大快朵頤呢！」
「牠們不敢下來耶！」
「等我們一走，牠們就會爭先恐後，飛向屍體了！」
他們竟然聊得這麼輕鬆。看來武藏心裏的納悶，若不主動發問，沒人會來告訴他。
所以他對胤舜問道：
「其實在下今天來此之前已經覺悟要獨自一人踏上黃泉路了。可是，現在你們不但未把我當敵人看，還對我禮遇有加，讓我困惑不已。」
胤舜聽完，笑道：

「不，我並未把你當作自己人。我們只是替奈良大掃除，雖然手法有點粗暴。」

「大掃除？」

此時，胤舜指著遠方道：

「這件事，與其由我來說，倒不如由對你瞭若指掌的前輩日觀師父來告訴你。你看！在那原野盡頭，有一隊豆點大的人馬，那一定是日觀師父跟其他的人了！」

10

「老師父！您腳步眞快。」

「是你們太慢。」

「您比馬還快呢！」

「那當然！」

只有駝背的老僧日觀，不屑騎馬，是自己徒步走來的。

日觀身後還跟著五名騎馬的官差，勉勉強強跟上他的腳步，往般若荒野中的焚煙走去。

在火堆這邊的人望見他們走近，小聲相傳：

「老師父，是老師父！」

和尙們立刻退得老遠，猶如在寺院裏進行莊嚴儀式，並排成一列，迎接這位師父以及騎馬的官差。

日觀到達後，劈頭便問：

「都解決了嗎？」

胤舜執弟子之禮，恭敬地回答：

「是，完全遵照您的指示。」

說畢，又對騎馬的官差們說：

「請你們來驗屍，辛苦了！」

官差們一個個從馬背上跳下來，說道：

「不，辛苦的是你們，我們只做例行公事——」

接著，他們檢視橫躺在地的十幾具屍體，登記好之後，說道：

「善後工作由官府來做。其他的事你們大可不必管，可以先回去了。」

交代完畢，這些官差重返馬背，又朝著原野邊際，馳騁而去。

「你們也回去！」

日觀一下命令，舉槍並列的僧侶們立刻安靜無聲地離開原野。胤舜領著他們，向日觀和武藏打聲招呼，掉頭離去。

人一走散，一羣烏鴉立刻嘎嘎嘎毫不客氣地飛落地上，爭食屍體，猶如面對佳肴美饌，興奮得不斷拍打翅膀。

「吵死人了！這羣烏鴉。」

日觀嘀咕著，神情輕鬆地走到武藏身旁。

「上回失禮了！」

「啊！哪裏哪裏……」

武藏趕緊雙手扶地，他情不自禁要如此做。

「不必多禮！在原野上，這麼禮貌周到反而可笑。」

「是。」

「怎麼樣？今天多少學到一點了吧？」

「可否告訴我，為什麼要使出這種計策？」

「本來就該如此。」

日觀娓娓道來：

「剛才回去的官差是奈良奉行大人大久保長安的手下，因為奉行剛上任，所以對這些人、這塊土地尚未熟悉。眼看這些渾水摸魚的浪人到處放高利貸、強盜賭博、敲詐勒索、玩女人、調戲未亡人等為非作歹，奉行大人也非常頭痛。——這十四、五個為非作歹的浪人，就是以山添團八、還有野洲川安兵衛等人為中心的。」

「原來如此……」

「這山添、野洲川等人對你懷恨在心吧？但因為他們知道你的實力，所以打了如意算盤，想藉寶藏院的手報仇，到處散播寶藏院的壞話、貼打油詩，然後來院裏說這是宮本某某做的——他們以為我是瞎子呢！」

武藏眼中浮現了笑意。

「我想這是個好機會，趁這個機會好好把奈良大掃除一番。因此，才吩咐胤舜將計就計。不，高興的不只門下的和尚，還有奈良的奉行所，再來就是這野地裏的烏鴉。啊哈哈哈哈！」

11

不，除了烏鴉之外，還有一個人最高興，那就是在旁邊一直豎耳聆聽日觀解釋的城太郎。這一來他的疑惑和不安一掃而光。這個少年雀躍地展開雙臂，像小鳥般邊跑邊大聲唱著：

大掃除！

大掃除！

武藏和日觀聞聲回頭望向城太郎。他正掛著他的面具，拔出原本插在腰際的木劍，對著無數的屍體，還有聚在屍體上的烏鴉，拳打腳踢，揮舞木劍。

喂　烏鴉啊

不只奈良
要經常大掃除啊
大掃除是自然的規律
萬物因而欣欣向榮
冬去春來生生不息
焚燒落葉
清掃原野
下場大雪
來個大掃除
喂　烏鴉啊
你們也可飽餐一頓
眼球當湯料
紅血當醇酒
可別吃撐　喝醉嘍

「喂！小弟弟！」

聽到日觀叫他，城太郎立刻停止亂舞，回道：

「什麼事？」

「別像瘋子一樣在那邊亂舞亂跳了！撿些石頭來這裏。」

「這種石頭可以嗎？」

「再多撿一點。」

「好、好！」

城太郎撿完，日觀在每一顆小石頭上都寫上南無妙法蓮華經這幾個字，然後說：

「來！把這些撒到屍體上。」

城太郎將石頭撒到原野四方。

他撒的時候，日觀合掌默誦經文。

「好了，這樣就可以了——你們可以先走了，我也要回奈良了。」

說完，飄然轉身，駝背的身影像一陣風，邁步向原野的彼端走去。

武藏連道謝都來不及，也沒機會約定再見的時間，一派雲淡風輕的瀟灑。

武藏一直凝視著他的背影，忽然不知想到什麼，快步追了過去，拍拍刀柄，說道：

「老前輩！您忘了一件事。」

日觀停下腳步。

「忘了什麼事？」

「我們能夠相見，是難能可貴的緣分，還請您給武藏一些指導。」

這一說，日觀無齒的口中，發出一陣乾笑。

「你還不瞭解嗎?我要告訴你的，就是你太強了。要是以你的強壯自負，那你一定活不過三十歲，像今天就差點送了命。你要自己決定變成什麼樣的人!」

「……」

「像今天的事，根本不應該發生。你現在還年輕不打緊，但是，若認爲兵法是愈強愈好，那就大錯特錯。連我都還沒資格談武學呢!對了!我的前輩柳生石舟齋先生，還有上泉伊勢守大人——你跟著他們經歷過的事走一遍，就會明白了。」

「……」

武藏俯首聆聽。當他意識到已經聽不到日觀的聲音時，猛一抬頭，眼前已無他的蹤影了。

世外桃源

1

此地位在笠置山中，但是人們不叫她笠置村，而稱之爲神戶莊柳生谷。

柳生谷雖然是個山中小村，卻是山明水秀，地靈人傑。民情風俗也淳厚有序。街道人煙稀少，絲毫不見浮華之氣，就像通往中國蜀地途中的「山城」，饒富野趣。

這山城中央有個大宅第，人們叫它「御館」。御館風格古老，石牆圍繞，是此地的文化中心，也是領下人民的精神寄託。領下的人民，自千年前即在此居住。領主也是從古早以前，平將門（編註：平安中期的武將。）作亂時代就在此居住，並在此地宣化布敎，是擁有武器倉庫的土豪。

他們把這地方四周的村莊，當成祖先之地，視爲自己的鄉土，由衷愛護。不管有任何戰禍，領主和人民都未曾迷失方向。

關原戰後，鄰近的奈良城被浪人占領，浮華糜爛，各大小佛寺的法燈亦受波及。然而，柳生谷到笠置這一帶，不法分子根本無從進入。

僅此一例，即可知這一帶鄉土風氣和制度之嚴謹，不容許任何不純之物進入。

不只領主賢明，人民純良。笠置山的晨昏風光更是十分宜人。汲水煮茶，香醇甘甜──還有，梅花盛開的月瀨附近，黃鶯從雪未融化到雷鳴季節，歌聲不斷，音色比這山水還要清澈。

詩人曾經歌頌此地──山清水明英雄出。這樣的鄉土，要是不出個偉人，那詩人就是大騙子了。這裏的山河，不是虛有其表，徒有秀麗的風景而已，鄉土中還流著頑強的血液，出了人傑。領主柳生家就是最好的證明。這些人傑都是出身鄉野，到軍中才立了大功，成爲有名的家臣，優秀人物著實不少，他們可說都是柳生谷的山河和黃鶯的歌聲孕育出來的英雄。

現在隱居在這「石牆御館」的柳生新左衛門尉宗嚴已改名爲「石舟齋」，住在城內的小山莊裏。目前政務由誰掌管誰任家督，他都不知道，反正石舟齋優秀的子孫衆多，家臣也都信得過，一切跟他掌政時期毫無兩樣。

「不可思議！」

武藏在般若荒野事件發生後十天左右來到此地。走訪了附近的笠置寺、淨琉璃寺等建武時代（編註：一三三四～一三三六）的遺跡，並找了個地方住下，充分休養身心。此刻他出來散心，穿著隨意，連跟屁蟲城太郎也穿著草鞋。

他一路上觀看民家的生活、田裏的作物，還特別注意人們的風俗習慣，每次武藏都會情不自禁喃喃自語著：

「不可思議。」

「大叔！什麼事不可思議？」

城太郎問道。聽到武藏不斷喃喃自語，城太郎才覺得不可思議呢！

2

「我從中國地區出來，走過攝津、河內、和泉諸國，就是沒見過這樣子的地方。所以才說不可異議。」

「大叔！這裏跟其他地方有什麼不一樣呢？」

「山上樹木茂盛。」

城太郎聽到武藏的回答，不禁噗嗤一笑：

「樹木？樹木不是到處都長得很茂盛嗎？」

「這些樹不一樣。這柳生谷四周村莊的樹木，樹齡都不小，表示這地方沒受過兵燹災禍，所以樹木也沒被敵軍濫伐。可以想見，這裏的領主和人民沒受過飢寒交迫的苦。」

「然後呢？」

「田園青翠，小麥根頭紮實，家家戶戶傳來紡織聲。農夫們看到穿著華麗的路人，一點也不羨慕，繼續埋首耕作。」

「只有這樣？」

「還有。田裏很多年輕姑娘在工作，這點跟別的地方很不一樣——田裏可看以到很多紅腰帶，表示這個地方的年輕女子沒有流失到外地。因此，這個地方一定是經濟繁榮，幼有所養，老有所終，年輕男女絕不會嚮往別處的浮華生活而出走。從這些看來，可知這裏的領主英明，也可想像這裏的武器一定隨時磨得光亮，以備不時之需。」

「什麼呀？我以爲您被什麼事感動？原來是這些無聊的事啊？」

「你當然不會覺得有趣了！」

「可是，大叔！您不是爲了跟柳生家的人比武，才來這裏的嗎？」

「所謂武者修行，並不是只會到處找人比武，就表示他很厲害。如果只能勉強求得一宿一餐，扛著木刀到處比武，這不叫武者修行，這叫流浪漢。眞正的武者修行，內心的修養要比武技來得重要多了。除此之外，還要走訪諸國，測量地理水利，牢記各地鄉土人情，觀察領主跟人民的相處之道，洞悉城裏城外動靜。腳踏實地，雲遊四海，善用心思，仔細觀察，這才叫武者修行。」

雖然武藏心想對小孩說教無益，但是面對這個少年，他無法隨便找個說詞搪塞了事。

對於城太郎幼稚的問題，他一點也不覺煩躁，邊走邊聊，耐心回答。

走著走著，兩人身後傳來了馬蹄聲，向他們漸漸靠近。馬上騎士是一位年約四十，身材魁梧的武士，大聲喊著：

「讓開！讓開！」

當馬超過他們時，城太郎抬頭一看，不覺脫口而出：

「啊！庄田先生！」

這個武士滿臉鬍子，像隻大熊，城太郎絕不會忘記——他就是在通往宇治橋的大和路上，撿到城太郎掉在半路的信筒的那個人。馬上的庄田喜左衛門聽到城太郎的聲音，回過頭來。

「噢！小毛頭！是你啊！」

他雖然露了一下笑容，但仍然馬不停蹄，消失在柳生家的石牆裏。

3

「城太郎！剛才那個跟你笑的騎士是誰？」

「庄田先生。聽說是柳生家的家臣。」

「你怎麼認識他的？」

「我來奈良途中，受到他不少親切照顧呢！」

「哦！」

「另外還遇到一個叫什麼來著的女子，我們三人一路同行，直到木津川的渡口才分手。」

武藏將小柳生城的外觀，以及柳生谷的地理形勢全部看過一遍，才說道：

「回去吧！」

他們住的客棧位在伊賀街道上，雖然是獨棟建築，但是空間寬廣。來往淨琉璃寺和笠置寺的人，都會在此歇腳。所以每到黃昏，客棧門口的樹木或是廂房外面，必定會繫著十頭左右的馱馬。客棧爲了替客人準備米飯，連門前的水溝，都被洗米水染得濁白。

「客官！您上哪兒去了？」

才進房間，就來了個身穿藍褂子、山村褲的小孩子。等看到她腰上綁著的紅腰帶，才知道是個女孩子。她直挺挺地站著催促道：

「快點去洗澡吧！」

城太郎看她年齡跟自己差不多，正好交個朋友，就問：

「妳叫什麼名字？」

「不知道！」

「笨蛋！連自己的名字都不知道。」

「我叫小茶。」

「好奇怪的名字喔！」

「要你管。」

小茶打了他一下。

「妳敢打我！」

武藏在走廊回頭問道：

「喂，小茶！澡堂在哪裏——前面右邊？好、好，知道了！」

門外的棚架上，已放著三個人脫下的衣服，所以武藏知道加上自己，澡堂內總共有四個人。他打開澡堂室門，一片霧濛濛的。先入浴的客人原來正聊得興高采烈，但一看到武藏強壯的身體，就好像看到什麼異類一樣，立刻三緘其口。

「呼——」

「？……」

武藏近六尺的身子一沈到水裏，水位突然高漲溢出，另外三個客人差點漂了起來。

有一人望向武藏，武藏則靠在池邊，閉目養神。

那三個人似乎放了心，又繼續剛才的話題。

「剛才離開的柳生家使者叫什麼名字？」

「是叫庄田喜左衛門吧？」

「是嗎？柳生竟然派人出面拒絕比賽，看來他的功夫並不如其名。」

「就像那使者說的，最近他們對任何人都表示石舟齋已經隱居，而但馬守儀到江戶出任官職，所以謝絕比賽。」

「不是吧！他們大概聽說我方是吉岡家的二兒子，所以才慎重其事，敬而遠之。」

「還教他帶來糕點，好讓我們在旅途中吃，看來柳生還眞是圓滑呢！」

這些人膚色白皙，肌肉鬆弛，看來是城裏人。在洗練的會話中，有理智、有詼諧，可見其心思細膩。

武藏突然聽到吉岡這個名字，不覺歪著脖子，凝神細聽。

4

吉岡家的二兒子？那就是淸十郎的弟弟傳七郎嘍？

是不是那件事？

武藏想起來了……

自己拜訪四條武館的時候，有個門人說過，小師父之弟傳七郎跟友人到伊勢宮參拜，不在家。此刻可能正好在返家途中，說不定這三個人正是傳七郎和他的朋友。

我和澡堂眞是犯沖啊！武藏心想。

武藏暗自戒備著。以往曾在自己家鄉中了本位田又八母親的計謀，被敵人困在浴室。現在在偶然之中，又和宿有怨仇的吉岡拳法一子，有裸裎交手的可能。

他雖然出門在外，但對武藏跟京都四條武館之間的恩怨，想必也有所耳聞。要是他知道宮本就在這裏，一定會拔刀相向的。

武藏先做此猜測。但是，那三人看起來似乎沒什麼異樣。看他們得意洋洋，說得興高采烈的樣子，似乎是一到此地就到柳生家投了挑戰書。武藏心想，吉岡一門打從足利公方時期，便已是拳法名門，宗嚴在未改名石舟齋的時候，跟吉岡家上一代的拳法，一定多少有所來往。因此，現在柳生家尚顧念舊情，特地派使者庄田喜左衛門帶著薄禮，到客棧探望吉岡家的人。

對這些禮儀，這幾個年輕的城裏人卻嗤之以鼻，說是：「柳生眞圓滑。」

還說：

「他是心生恐懼，敬而遠之。」、「沒什麼大不了的。」

輕率地做出自以爲是的解釋，得意洋洋地洗著旅途的塵垢——

對實地踏過這片土地，從小柳生城的外郭到風土民情，全都細細觀察過的武藏而言，他們的自鳴得意和肆意的理解方式，實在可笑至極。

雖然諺語中有「井底之蛙」，但反過來看這些城裏的傢伙，雖然身處都會的大海裏，目睹時勢變化，卻沒注意到，井底之蛙在不知不覺中已經修練一身的功力及涵養。他們遠離中央的勢力和盛衰，隱居在深井裏，歷經幾十年的歲月，映著月光，浮在落葉上。就在外界還認爲他們只是啃著地瓜，生活毫無變化的鄉下武士之時，柳生家這口古井，到了近代，出了一位兵法家始祖石舟齋宗嚴。他的兒子中，出了一位備受家康青睞的但馬守宗矩；他的兄長當中，出了以勇猛聞名的五郎左衛門和嚴勝；他的孫子當中，出了一位麒麟兒兵庫利嚴，受加藤淸正高薪聘用，在肥後任官職。這些「偉大的井底之蛙」已經開始嶄露頭角了。

以兵法之家來看，吉岡家地位崇高，非柳生家所能及。但是，這種差別已是前塵往事。然而，在此歇腳的傳七郎和其他人到現在還沒注意到這個事實。

武藏覺得他們的得意既可笑又可悲。

最後——不由得苦笑。為了擺脫這些念頭，只好到澡堂角落解下髮結，拿一塊粘土擦髮根，他已經好久沒有洗頭了。

此時又聽到那三人的聲音。

「眞舒服。」

「泡泡澡，才有旅行的氣氛。」

「要是有女人陪酒……」

「那就更棒了！」

他們邊說邊擦乾身體，先出去了。

5

武藏用毛巾綁著洗好的溼髮，回到房間，看到像個小男生的小茶正蹲在牆角哭泣，武藏問道：

「怎麼了？」

「客官！那個小孩打我。」

「她說謊。」

城太郎在她對面的角落，鼓著腮幫子辯解。

「為什麼打女生？」

武藏罵道。
「可是，那個臭丫頭，她說大叔軟弱無能。」
「胡說！」
「妳沒說嗎？」
「我哪有說客官軟弱無能。是你自己耀武揚威，說什麼你的師父是日本第一的兵法家，在般若荒野斬了幾十個浪人。我說日本第一的劍術師父，除了這裏的領主之外，別無他人，你就打我耳光了，不是嗎？」
武藏笑道：
「原來是這樣。是他不好，等一下我會罵他。小茶！原諒他吧！」
城太郎一副不服氣的樣子。
「城太郎！」
「什麼事？」
「去洗澡吧！」
「我不喜歡洗熱水澡。」
「跟我很像嘛！可是一身臭汗，不洗不行啊！」
「明天到河裏游泳去。」
跟武藏一熟絡，這個少年便開始露出倔強的本性。

但是武藏就是喜歡他這點。

吃飯的時候，城太郎又嘟著嘴巴了。

小茶端著托盤，送上飯菜，卻不開口，跟城太郎兩人怒目相向。

武藏這幾天若有所思，內心一直在思考一件事——要成爲一名獨行俠。這個願望似乎太大了，但並非不可能，所以才會在這客棧逗留這麼久。

他期待能夠跟柳生家的祖師石舟齋宗嚴見個面。

說得更強烈一點——用他年輕、野心勃勃的話來說——就是眞的要打就要面對大敵。用生命作賭注，不是打倒大柳生的名望，就是壞了自己的劍名。只要能見柳生宗嚴一面，跟他交上手，就算死也無憾。

要是有人聽到他這種志願，一定會笑他有勇無謀。武藏自己也不會連這點常識都沒有。

再怎麼說，對方至少是一城之主，他的兒子是江戶幕府的兵法老師，全家族不但都是典型的武將，而且在新時代潮流中，昌隆無比的家運正照耀整個柳生家族。

——要打倒對方不是那麼簡單的。

武藏心裏有所準備，連吃飯的時候都念念不忘。

芍藥信使

1

他是個仙風道骨的老人家，年近八十，品德與時俱進，高潔之風日增，而且牙齒完好，耳聰目明。

他經常說：

「我會活到百歲呢！」

這位石舟齋之所以這麼有自信，是因爲：

「柳生家代代都很長壽。二、三十幾歲就去世的，都是因爲戰死沙場。我們家的祖先，沒有一個是在五、六十的時候就老死家園的。」

不，即使沒這樣的血統，石舟齋的處世態度，以及老年的修養，能夠活到百歲也不是件奇怪的事。

他身處在享祿、天文、弘治、永祿、元龜、天正、文祿、慶長這漫長的亂世中，尤其是在四十七歲之前的壯年期，正逢三好黨亂、足利氏的沒落、松永氏及織田氏的興亡等等，即使是這塊樂土，也沒有放下弓箭的餘暇。他自己也常說：

「能活著實在是奇蹟。」

四十七歲之後，不知爲何，他突然放下屠刀。不管是足利將軍義昭重金禮聘，還是信長三顧茅廬，連稱霸四海的豐臣氏也請不動他。雖然他居住在距離大坂、京都只有咫尺之地，但他表示：我又聾又啞。

從此韜光養晦，像隻冬眠的熊守著這山裏的三千石土地，安享餘年，不問世事。

後來，石舟齋經常對別人提起：

「這座小山城經過朝不保夕的治亂興亡，至今還能安然無恙，簡直是戰國時期的奇蹟……」

原來如此——

聽到的人，莫不佩服他的遠見。要是當時他跟隨足利義昭，信長一定會討伐他；要是跟隨信長，他跟秀吉的關係不知會變成什麼樣子了；如果接受秀吉的恩惠，在後來的關原之役中，家康一定不會放過他。

還有，在這興亡的驚濤駭浪中，要掌穩船舵，保護家族平安無事，還要維持家名清譽，眞不容易。亂世中，人情世故變化無常，今日的朋友，常是明日的敵人。人們喪失節操，不講義氣，有時同族或親戚之間也會拔刀相向，互相廝殺。因此，若非在武士道精神之外，還有其它堅定的信念，是不可能做到這個地步的。

可是，石舟齋卻虛懷若谷。

「我的能力，尚有不足之處。」

他在客廳牆上掛著一幅自題的詩歌：

世事多變
只有隱藏兵法的家族
才能歷久不衰

然而，這位老子型的智者在家康重禮召見時，也不禁動了凡心。他喃喃自語：誠心召見，難再置之不理。

他走出了隱居幾十年的茅廬，到京都紫竹村鷹峰的軍營，第一次晉謁大御所（德川家康）。當時，他帶在身邊一同前往的是五男又右衛門宗矩，二十四歲。還有他的孫子新次郎利嚴，未滿十六歲的及冠之齡。

他帶著這兩個鳳雛晉見家康，接受了舊領地三千石的安堵令（領主對舊領地所有權的確認）。家康提議：

「將來請到德川家的兵法所任職。」

而他則推舉自己的兒子。

「犬子宗矩，還請多多提拔。」

自己又退居柳生谷的山莊裏。後來，其子又右衛門宗矩要到江戶出任將軍家兵法指導時，這位老者傳授給他的，不是刀劍技巧，而是——

治世的兵法。

2

他的「治世兵法」，也是他的「修身兵法」。

石舟齋常說：

「這些全都是老師的恩德。」

絲毫沒忘記上泉伊勢守信綱的德望。

而且，也常提醒大家：

「伊勢大人才是柳生家的守護神。」

他的房間裏，供奉著伊勢守頒給他的新陰流證書，以及四卷古目錄。每逢伊勢守忌日，他一定不忘以鮮花素果祭拜。

這四卷古目錄，又名圖繪目錄，是上泉伊勢守親筆用圖畫和文字記錄的新陰流祕傳刀法。

石舟齋即使在晚年，還是經常翻閱此書，悼念恩師。

「他的畫也唯妙唯肖。」

書上的畫經常讓他愛不釋手。每次看到這些天文時代裝扮的各種人物，以各式俐落的大刀刀法互相攻擊的形態，就有一種神韻飄渺，雲霧直逼山莊屋簷的感覺。

伊勢守造訪這小柳生城的時候，石舟齋大概三十七、八歲，正是野心勃勃、血氣方剛的時期。當時，上泉伊勢守帶著外甥疋田文五郎，以及弟弟鈴木意伯，在遍遊諸國兵法家之後，經由人稱「伊勢太御所」的北留具教的介紹，來到寶藏院求教。寶藏院的覺禪房胤榮，經常出入柳生城，把這事告訴尚未改名石舟齋的柳生宗嚴，說道：

「有一名這樣的男子來求教。」

這便是他們相會的機緣。

伊勢守和宗嚴連續比武三天。

第一天，一開始，伊勢守都會喊：

「要打嘍！」

而且先言明要攻擊的部位，然後依言進攻。

第二天，宗嚴還是輸了。

宗嚴自尊嚴重受損，第三天屏氣凝神，採取不同的姿勢應對。

這一來，伊勢守說道：

「這招不好，我可以這樣對付你。」

跟前兩天一樣，他還是針對事先言明的部位發動攻擊。

最後，宗嚴終於棄刀，說道：

「我第一次看到真正的兵法。」

之後，懇求伊勢守留在柳生城住了半年，一心向他求教。

後來伊勢守必須離開時，說道：

「我的兵法尙未練成，你還年輕，希望你能繼續完成它。」

同時丟下一個公案給他。這個公案難題是——

要如何修練無刀的刀法？

宗嚴從那時起，花了數年的時間廢寢忘食，仔細鑽研無刀刀法的道理。

後來，伊勢守再次造訪他的時候，他已胸有成竹。

「練得如何了？」

兩人一過招，伊勢守即說：

「嗯！你已能把握眞理，不必用到大刀了。」

說畢，留下證書和圖繪目錄四卷之後，翩然而去。

柳生流從此誕生。石舟齋宗嚴晚年退出江湖，隱居山林，也是從此種兵法中悟出的一流處世術。

3

現在他住的山莊，雖然在小柳生城裏面，但是該城都是石牆鐵壁，跟石舟齋老年的心境不甚搭配，所以他又另外蓋了一間樸實的草庵，入口也另建，猶如隱居山林，安享餘年。

「阿通！怎麼樣？我插的花生動嗎？」

石舟齋把一枝芍藥花投入伊賀花瓶，欣賞自己所插的花，看得入神。

「眞的……」

阿通在後面欣賞著。

「主公一定花了很多心血學習茶道和花道吧？」

「我又不是公卿，沒跟老師學過插花或茶道。」

「但是您看起來像是拜師學過的。」

「我是用劍道之理來插花。」

「咦？」

她瞪大眼睛。

「用劍道可以插花嗎？」

「當然可以，花也是用氣來插的。用手去彎曲花莖，或是調整花朵，都是一種傷害。維持它從野地裏採來的樣子，運氣投入水中——就像這樣，花就會顯得栩栩如生了。」

在這個人的身邊，阿通覺得學到了各種哲理。

柳生家的家臣庄田喜左衛門在路上與她萍水相逢，希望她能夠爲他的老主公吹笛，以排遣無聊的日子，所以她才來到這裏。

石舟齋非常喜歡她吹的笛子，再加上這個山莊裏一直缺少像阿通這樣年輕溫柔的女子，所以每次阿通說：

「請早點休息。」

老主公一定會說：

「唉，再多留一會兒吧！」

或是：

「我教妳泡茶。」

有時則說：

「來吟詠幾首和歌吧！我也來試試古今歌風。《萬葉集》也不錯，但是像我這種草庵主人，還是比較喜歡《山家集》那種淡泊風格。」

反正就是不希望阿通離開。而阿通也知所回報。

「主公，我給您縫了這個頭巾，希望合您的意。」

這種細心是那些勇猛的武將家臣做不到的。

「哦，太好了。」

石舟齋戴上那頭巾，他對阿通就更加疼愛了。

阿通在月光皎潔的夜晚，吹奏令人神往的悠揚笛聲，常常傳到小柳生城城外。

庄田喜左衛門更是如獲至寶，十分欣慰：

「這眞是飛來的福氣。」

喜左衛門現在剛從城外回來，穿過古舊柵壘後面的林子，來到主公幽靜的山莊。
「阿通姑娘！」
「哪一位？」
她打開木門。
「噢！是您啊……請進。」
「主公呢？」
「正在看書。」
「麻煩妳通報一下，說是喜左衛門奉命辦事回來了。」

4

「呵呵呵！庄田先生，這不是喧賓奪主了嗎？」
「爲什麼？」
「我是您從外面帶回來的吹笛女子，您才是柳生家的家臣。」
「說的也是。」
喜左衛門也覺得好笑，但還是說：
「這裏是主公一個人的住所，妳又受到特別禮遇——還是請妳幫我通報一聲。」

「好的。」

阿通進去不久，馬上出來說道：

「請進！」

石舟齋戴著阿通縫的頭巾，坐在茶室等待。

「你回來了？」

「遵照您的意思，全都辦好了。我恭敬傳話，從前門送了禮物進去。」

「他們已經離開了嗎？」

「還沒。我回到城裏的時候，他又差綿屋客棧的人送信來，說是既然路過這裏，說什麼也想來拜見小柳生城的武館，明天一定會到城裏來拜訪。還說一定要親自見見石舟齋先生，跟您請個安。」

「這小子！」

石舟齋罵道：

「眞是囉嗦。」

他一臉的不悅。

「你沒有清楚告訴他們，宗矩在江戶，利嚴在熊本，其他的人也都不在？」

「我說了。」

「我鄭重其事，派使者前去婉拒，他竟然還強行要來拜訪，眞不知好歹。」

「眞是的……」

「聽說吉岡那一夥人，武功並不怎麼樣。」

「我是在綿屋跟他們碰面的。傳七郎剛好去伊勢參拜回來，我看他人品也不怎麼樣。」

「是嗎？吉岡的上一代拳法非常優秀，他跟伊勢大人上京的時候，我跟他見過兩、三次面，還一起喝過酒——但是近幾年來，家道日益中落。我念在傳七郎是他兒子的情分上，不忍讓他難堪，沒把他趕出去。柳生家還從來沒有理會過這種不知天高地厚的小子的挑戰呢！」

「傳七郎這個人看來自信滿滿！他硬是要來，我就給他一點教訓！」

「不成、不成。名家之子，死要面子，很容易心懷怨恨。要是我們把他打回去，事情就會沒完沒了。為了宗矩和利嚴，我們要用超然的態度去面對他。」

「那要怎麼辦？」

「還是來軟的，以禮對待名家之子，哄他回去……對了，派男的去容易起衝突。」

他回頭望著阿通，說道：

「派她去比較好，女的比較好。」

「好的，我這就去。」

「不急、不急……明早前去即可。」

石舟齋大筆一揮，寫了一封茶藝家式的簡要信函，把它綁在剛才插剩的一枝芍藥花上，交代阿通：

「拿這個去見那小子，告訴他石舟齋傷風不適，由妳代為傳答，並接受他們的問候。」

5

石舟齋授意阿通擔任信使。第二天早上，阿通披上披風，說道：

「那我走了。」

她走出山莊，來到外城廓的馬廄。

「對不起……我要借一匹馬。」

正在打掃的馬廄小廝看到她，說道：

「咦？阿通姑娘！妳要上哪兒去？」

「要到城外叫做綿屋的客棧，主公要我當他的使者。」

「那我陪妳去吧！」

「不用麻煩了。」

「妳一個人行嗎？」

「我喜歡騎馬。以前在鄉下，對野馬已經駕輕就熟了。」

淺紅色的披風在馬背上，一路隨風搖曳。

披風在城市裏是已經落伍的服飾，上流社會的人已經不穿了。但是，在地方土豪或中流社會裏，還是頗受女性青睞。

她手上拿著一枝初綻的白芍藥花，石舟齋的信函就繫在上面。她單手輕握著韁繩，在田裏工作的人看到了，都放下工作，目送她遠去。

「阿通姑娘走過去了！」

「那個就是阿通姑娘啊？」

她到此地不久，名字立即被傳揚開來，連農夫都知道。這表示農夫和石舟齋之間，並不像一般的百姓和領主，上下階級分明，而是彼此非常親近。所以他們都知道最近主公身邊來了一位美女，經常爲主公吹奏笛子，陪侍在旁。他們對石舟齋的親近和尊敬，也很自然地轉到她身上。

她走了大約半里路。

「請問綿屋客棧在哪裏？」

阿通騎在馬上，向一位農家婦女問路。那婦女背著小孩，正在河邊淸洗鍋底。

「妳要到綿屋客棧嗎？我帶妳去。」

那婦女放下手邊工作，特地要帶她去，讓阿通覺得很過意不去。

「妳不必親自帶我去，只要告訴我怎麼走就行了。」

「沒關係，那客棧離這裏很近。」

雖然說近，但還是走了約一公里左右。

「這裏就是了。」

「謝謝！」

她下馬，把馬綁在屋前的樹幹上。

「歡迎光臨！要住宿嗎？」

小茶出來招呼。

「不是，我來見住在這裏的吉岡傳七郎先生——是石舟齋大人派我來的。」

小茶跑進去，過了許久才出來：

「請進！」

今早退房正要離去的客人，正在門口忙著穿草鞋、扛行李，看到隨著小茶進去的阿通，眉清目秀，氣質優雅，不由得眼光直跟著她，喃喃自語：

「她是哪裏來的？」

「是誰的客人啊？」

而吉岡傳七郎和他的朋友，昨夜喝酒喝得太晚，才剛起牀。聽說小柳生城的使者求見，以爲又是那個虎背熊腰的大鬍子。沒想到眼前出現的使者大大出乎他們意料之外，手上還拿著白芍藥花。

「唉！眞不好意思……這裏一片凌亂……」

他們的神情十分慌亂，不但注意到房間大殺風景，還立刻整理了衣冠和坐姿。

「請！請到這邊來！」

6

「我受小柳生主公囑咐，前來傳話。」

阿通把芍藥花放到傳七郎面前，說道：

「請過目。」

「哦？……是封信？」

傳七郎打開信函。

「傳七郎敬覽。」

那張信紙不足一尺。墨色淺淡，顯露茶道的特色。

閣下屢致問候之意，愧不敢當。老朽不巧傷風不適，與其望見老朽病容，不如送上一枝清新芍藥，聊慰諸君旅途辛勞。花期有限，請賜寬恕之意。

老朽已經不問世事甚久，恕難再見外人。

敬請多多包涵。

石舟齋

致傳七郎閣下

及諸大雅

「哼……」

傳七郎覺得無趣，從鼻孔中冷哼一聲，捲起信函問道：

「只有這個嗎？」

「還有，主公吩咐，本來應該請您前去，奉上粗茶的。無奈家中武者全都不在，兒子宗矩在江戶任職，要是草率招待，恐會貽笑京都諸公，更是失禮。下次再請您順道來訪——」

「哈哈——」

他一臉的不悅。

「聽妳之言，看來石舟齋大人誤會我們是來討茶喝的。我們這些武門之子不懂什麼茶道之事。我們只想拜見石舟齋大人的健朗之軀，順便求教，請他指點一番而已。」

「這個他非常瞭解。但是，近來他以風月爲友，安享餘生，所以養成了什麼都喜歡用茶道來談論的習慣。」

「眞沒辦法！」

他頗不甘願地說道：

「既然如此，請妳轉告他，下次再遊此地，一定要前去拜訪。」

傳七郎說完，把芍藥花還給她，阿通立刻說道：

「啊！主公說過，這枝花要送您，以慰旅途辛勞。要是您坐轎子就插在轎子前面，騎馬就插在馬鞍上。」

「什麼？拿這個當禮物？」

他瞥了一眼，似乎覺得受到了侮辱，神情憤怒。

「混、混蛋！妳告訴他，我們京裏也有芍藥花！」

被他這麼拒絕，也不好再勉強，阿通便道：

「那我這就回去轉告……」

阿通拿著芍藥，小聲告辭，然後走出房間。

對方大概非常生氣，竟然沒人送客。阿通想到背後的情形，一到走廊就忍不住笑了出來。

到達此地已十幾天的武藏，就住在同一條走廊，隔著數間的房間裏。阿通側臉望了一下又黑又亮的走廊，便往反方向走了出去。突然，有人在武藏房裏站了起來，來到走廊上。

7

阿通背後傳來腳步聲，有人追了過來。

「您要回去了嗎？」

阿通回頭一看，原來是剛才帶路的小茶。

「是啊！我事情辦完了。」

「這麼快。」

打過招呼，小茶直盯著她手上的花。

「那枝芍藥是白色的嗎？」

「是的。是城裏的白芍藥，妳要的話送給妳。」

「我要。」

她伸出手。

阿通把芍藥花放到她手上。

「那我走了。」

她走到屋前，翻身上馬，披上披風逕自走了。

「歡迎再度光臨。」

小茶目送她離開後，現寶似的把芍藥花拿給客棧裏的夥計們看，但是沒人稱讚它美麗，只好失望地拿到武藏房間，問道：

「客官，您喜歡花嗎？」

「花？」

武藏又撐著臉靠在窗台上，出神地盯著小柳生城的方向。

怎樣才能接近那個大人物？怎樣才能見到石舟齋？還有，如何才能給那個被稱爲劍聖的宗師致命一擊？

他一直在思考這些問題。

「……哦，這花眞美！」

「喜歡嗎？」

「喜歡。」

「這花叫做芍藥——白芍藥。」

「太好了。那兒剛好有個花瓶，把它插上吧！」

「我不會插花，客官您插。」

「不，妳來插比較好，妳清純沒有心機，反而比較好。」

「那麼，我去裝水。」

小茶拿著花瓶出去了。

武藏看著放在那兒的芍藥花，目光突然停在它的切口上。不知什麼事引起了他的注意，光遠看還不夠，後來索性拿起來細瞧，不是欣賞花，而是它的切口。

「……哎呀……哎呀！」

小茶端著花瓶，裏面的水一路走一路濺，讓她連連驚呼。回到房間，她把水放到壁龕上，隨手就把芍藥花插進瓶裏。

「不行哪！客官！」

雖然是個小孩，還是看得出自己插得不夠自然。

「妳看！是花枝太長了。好，拿過來，我幫妳切短一點。」

小茶把花抽出來，武藏對她說：

「切短之後，把花直插瓶裏。對、對！就像那樣，就像花長在土裏的樣子，直著拿。」

小茶照他說的拿著花，但突然把手裏的芍藥拋了出去，嚇得大哭起來。

也難怪。

因爲武藏竟然用這麼粗暴的方式切一株嬌柔的花朵——他用迅雷不及掩耳的速度，手才剛碰到腰間的短刀，突然鏗——一聲，隨著刀入鞘的聲音，一道白光穿過小茶兩手之間。

她嚇了一大跳，大哭不止，武藏卻沒有安慰她，兀自拿著兩枝花莖，仔細比較原來的切口和自己的切口，看得入神。

「唔……」

8

過了一陣子，武藏才回過神。

「啊？對不起、對不起！」

小茶淚眼汪汪，武藏撫著她的頭，又是道歉又是哄的，問道：

「妳知不知道這花是誰送來的？」

「人家送我的。」

「誰？」

「城裏的人。」

「小柳生城的家臣嗎？」

「不，是個女的。」

「唔……這麼說來，這是城裏種的花嘍！」

「可能是吧！」

「剛才眞抱歉，等一下大叔給妳買糖吃。現在長短剛剛好了，插在瓶裏看看。」

「這樣可以嗎？」

「對、對！那樣很好。」

本來小茶認爲武藏是個有趣的叔叔，這回看到他用刀之後，突然覺得他很可怕。所以武藏一講完，她一溜煙地就不見了。

比起正在瓶裏微笑的芍藥花，落在武藏膝前七寸長的花莖，更吸引他的注意。

原來的切口，不是用剪刀，也不是用小刀切的。芍藥枝幹雖然柔軟，但是這個切口看得出來是用相當大的腰力切下來的。

而且切法也不尋常。光看那枝幹的切口，就知道切的人身手非凡。

爲了比較，武藏也學他用腰刀來切，但仔細比較之下，還是不一樣。雖然說不出哪裏不同，但他不得不承認自己的切法實在差得太遠了。就像雕刻一尊佛像，即使用的是同一把鑿刀，但從著力的刀痕就可看出名匠和凡工的不同。

「奇怪？」

武藏獨自沈思。

「連城內庭園裏的武士，都如此身手非凡，可見柳生家實際上比傳說的還要厲害嘍？」

一想到此，就令他自謙不已。

「錯了！自己到底還是不行——」

但是立刻又振作精神，充滿鬥志。

「要找對手，這種人不是正合適嗎？要是打敗了，只好臣服在他的跟前。可是，既然抱著必死的決心，還有什麼好怕的呢？」

想到這些，令他全身發熱。年輕人追求功名的心，令他熱血奔騰。

——問題是，用什麼手段？

歸根究柢石舟齋大人一定不會接見修行的武者。這客棧的老闆也說過，什麼人介紹都沒用，他是不會接見任何人的！

宗矩不在，孫子兵庫利嚴也遠在他鄉。要在這塊土地上打敗柳生家，就只能把目標放在石舟齋身上了。

「有沒有什麼好辦法？」

思緒又回到這個問題上，在他血液中奔流的野性和征服欲，才稍微安定下來，眼光也移到壁龕的白花上。

「……」

看著看著，突然想起一個氣質和這花相似的人。

——阿通！

好久沒想到她了。在他忙亂的神經和樸實的生活中，又浮現出她溫柔的面貌。

9

阿通輕拉韁繩回柳生城的途中，突然有人從雜樹叢生的懸崖下面對著她大叫：

「喂！」

她一聽，立刻知道是：

「小孩子！」

但是，這個地方的小孩，看到年輕女子，根本不敢這樣大叫，要逗人家。

她停下馬，想看個究竟。

「吹笛子姊姊！妳還在這裏啊？」

原來是個全身赤裸的男孩，頭髮溼透，衣服夾在腋下。裸著身子，一點也不遮掩，就從崖下跑上來。

還騎著馬呢！他抬頭用輕蔑的眼神望著阿通。

「喲！」

阿通也吃了驚。

「我以爲是誰呢？你不是那個在大和路上，一把鼻涕一把眼淚的城太郎嗎？」

「一把鼻涕一把眼淚？妳胡說！我那時才沒哭呢！」

「不提那事了。你什麼時候到這裏的？」

「前幾天。」

「跟誰來的？」

「我師父。」

「對了、對了，你說過要拜師學劍術的。那你今天是怎麼了？怎麼光著身子？」

「我在這下頭的河裏游泳。」

「哎……水還很冷吧？人家看你游泳，要笑你的！」

「我是在洗澡。我師父說我一身臭汗，我討厭進澡堂洗澡，所以來這裏游泳。」

「呵呵呵！你住哪個客棧？」

「綿屋。」

「綿屋？我剛剛才從那兒回來呢！」

「是嗎？要是知道的話，就能到我房間來玩了。要不要再回去一趟？」

「我是來辦事的。」

「那就再見嘍！」

阿通回頭對他說：

「城太郎！到城裏來玩吧——」

「可以嗎？」

這本來只是她的客套話，沒想對方這麼認眞，使她有點爲難。

「可以是可以，但是你不能這個樣子去啊！」

「眞討厭！我才不去那種拘束的地方呢！」

阿通聽他這麼一說，鬆了一口氣，微笑著進城去了。

她把馬還給馬房，回到石舟齋的草庵，稟報傳話的結果。

「這樣子啊？他生氣了。」

石舟齋笑道。

「這樣就好，他雖然生氣，但是不會再糾纏不休了，這樣很好。」

過了一陣子，他好像想起了什麼事，問道：

「芍藥呢？妳把它丟掉了嗎？」

她回答說送給客棧的小女傭，他也同意她的做法。

「但是，吉岡家那小子傳七郎，可曾拿過那芍藥？」

「有。要解開信函的時候。」

「然後呢？」

「然後就還給我了。」

「他有沒有看到花枝的切口？」

「沒特別注意……」

「他完全沒注意到，也沒說什麼嗎？」

「什麼也沒說。」

石舟齋好像對著牆壁講話，喃喃自語：

「沒見他是對的。這個人不值得我見他，吉岡只有拳法那一代呀！」

四高徒

1

此處的武館堪稱莊嚴宏偉，屬於外城郭的一部分，天花板和地板都用巨大的石材建造而成，聽說是石舟齋四十歲的時候改建的。處處透出歲月留下的光澤，古樸典雅，好像在述說人們以往在此磨練的歷史。面積廣闊，聽說遇戰爭時，可以容納家裏全部的武士。

「太輕了！不是用刀尖——用刀腹、刀腹！」

庄田喜左衛門穿著一件內衣、長褲，坐在高出一階的地板上，怒斥練習的人。

「重來！不像話！」

被罵的也是柳生家的家士。他們甩了甩汗如雨下的臉。

「喝！」

「嘎！」

立刻又像二團火球，打得難分難解。

在此，初學者拿的不是木劍，而是一種叫做「韜」的東西，它是上泉伊勢守所發明，用皮革包裹竹子，是個沒有護手的皮棒子。

——咻！

要是打得激烈，有時也會有人不是耳朵飛了，就是鼻子腫得像個石榴。這裏也沒有對打的規則，總要把對方打倒在地才算，就算倒地之後再補上一、二棒，也不算犯規。

「不行！不行！搞什麼啊！」

這些人總要練到精疲力竭。對初學的人更是嚴格，從不假辭色。因此，很多家士都說，不是每一個人都可以到柳生家奉公的。新來的很少能繼續練下去，因此，能忍受的人才能當這裏的家士。足輕也好、馬僮也好，只要是柳生家的人，沒有人不懂刀法。庄田喜左衛門的職務雖然是用人，但是他老早就學成新陰流，對石舟齋精心鑽研的家學柳生流的奧祕，也早已融會貫通——而且，還加上自己的個性和心血，自稱是——

庄田眞流。

還有木村助九郎雖然是馬迴（譯註：守護在大將周圍的騎馬武士），但他也熟悉這個流派；村田與三雖然是納戶組（管理服裝、武器的人），但聽說是現在在肥後的柳生家長孫兵庫的好對手；出淵孫兵衛也只是這裏的小文書，但從小在此長大，也練就一手高強的劍術。

要不要到我的藩裏做事——這是越前侯想聘用出淵。而記州家則大力爭取村田與三。

柳生家只要一傳出有人學成的風聲，各地諸侯立刻前來求才——

這男子讓給我吧！

簡直像在招贅女婿。對柳生家來說，這是光榮也是困擾。每次拒絕，對方就會說：

哎呀！你們那裏還會孕育出更多好人才的！

一代劍士，不斷從這古城的武館中湧出。在家運昌隆下奉公的武士們，想要出人頭地，就得接受竹刀和木劍的磨練，這是理所當然的家規。

「那是什麼？衛兵！」

突然，庄田站起來，對著窗外的人影問道。

原來是城太郎站在衛兵背後。庄田瞪大了眼睛。

「怎麼是你？」

2

「大叔！您好！」

「啊？你怎麼進城來的？」

「是守城門的人帶我進來的。」

城太郎言之成理。

「原來如此。」

庄田喜左衛門問帶他進來的大門守衛道：

「這小孩是怎麼回事？」

「他說要見您。」

「怎麼可以憑這小孩的一句話，就隨便帶他進來。小傢伙——」

「是。」

「這裏不是你們玩耍的地方，快回去！」

「我不是來玩的，是替師父送信來。」

「你師父……啊哈！對了，你主人是修行武者。」

「信在這裏，請過目。」

「不看也罷！」

「大叔！您不識字呀？」

「什麼？」

庄田苦笑。

「胡說八道！」

「那麼，您看一下有什麼關係？」

「這小子！伶牙俐嘴的。我的意思是說不必看大概也知道內容。」

「即使您知道，可是看一下總是禮貌嘛！」

「來此的修行武者像蚊蠅一樣多，請原諒我無法一一禮貌對待。在這柳生家，要是像你說的以理相待，那我們每天光應付修行武者就忙不完了。可是，你專程跑來，這樣對你又太可憐了。這封信大概是說無論如何希望拜見這鳳城的武館，即使是只能見到將軍家老師的大刀刀影，也就心滿意足，為了同樣有志於劍道的晚輩，懇請不吝賜教……對不對？大概就是這麼回事吧？」

「大叔！您好像看著信念一樣啊！」

「所以我不是說過不看也罷嗎？但是，柳生家對來求教的人也不全是冷漠無情地把他們全部趕回去。」

他詳詳細細地向他解釋。

「讓這番士帶你去好了。一般來訪的修行武者穿過大門到中門後，可以看到右邊有一棟掛著『新陰堂』匾額的建築物。只要向門房報備一下，就可在裏面自由休息，也可供人住上一、兩天。還有，為了鼓勵世上武學後進，來訪者離開的時候，我們會給每人一筆微薄的斗笠費。所以，你把這信交給新陰堂的職員就行了。」

然後又問：

「這樣你懂了嗎？」

城太郎回答：

「不懂。」

他搖搖頭，聳起右肩。

「喂！大叔！」

「什麼事？」

「您說話也要先看人吧！我可不是乞丐的弟子喔！」

「唔。你……真拿你沒辦法！」

「打開信看看，要是信上寫的和大叔說的不一樣，怎麼辦？」

「唔……」

「頭砍給我可以嗎？」

「等等！等等！」

就像栗子皮裂開了一樣，喜左衛門的大鬍子中間，露出白色的牙齒，笑了起來。

3

「頭不能給。」

「那麼，你就得看信。」

「小傢伙！」

「什麼事？」

「你真是不辱師命啊！」

「這是應該的啊！您不也是柳生家的用人嗎？」

「眞是三寸不爛之舌！要是劍法也如此，就了不得了……」

他邊說邊拆開信封，默讀武藏的信。然而讀完之後，臉色有些驚懼。問道：

「城太郎——除了這信之外，還有別的東西嗎？」

「啊！差點忘了！在這裏。」

他從懷裏拿出一枝七寸長的芍藥切枝，從容地交給對方。

「……」

喜左衛門靜靜比較兩端切口，側頭想著，好像無法瞭解武藏信裏的眞意。

武藏信裏提到，從客棧裏的小女傭處得到一枝芍藥，聽說是城裏的花。後來發現花的切口是武功非凡之人所切。

又寫著：

> 插花時，感受其神韻，非常想知道是誰切的？不情之請，方便的話，請簡單賜覆，交由傳話小童帶回。

信裏根本沒提到他自己是修行武者，也沒說希望跟他們比武，光只提這麼一件事。

提出這種要求，還眞是怪人！

喜左衛門心裏這麼想著，再一次仔細察看切口到底哪裏不同？但怎麼看也看不出哪一個先切，哪一個後切，也看不出哪裏不同。

「村田！」

他把信和切枝拿進武館。

「你看這個。」

交給村田。

「你能不能分辨出這兩端的切口，哪一個是武功較高的人切的，哪一個是武功略低的人切的？」

村田與三翻來覆去看了好幾次，終於承認：

「看不出來。」

語氣像洩了氣的皮球。

「拿給木村看看。」

他們來到木村助九郎的公務房裏，木村也無法解答。

「這個嘛！」

正好在場的出淵孫兵衛說道：

「這切枝是前天主公親手切下來的。庄田大人那時不是也在旁邊嗎？」

「不，我只看到他插花。」

「這是那時插剩的。後來主公把信函綁在這枝芍藥上，吩咐阿通拿給吉岡傳七郎。」

「哦！原來是那件事！」

喜左衛門聽完，把武藏的信再看了一次。這回他神情愕然，張大了眼睛。

「兩位大人，這封信署名新免武藏。前一陣子跟寶藏院僧人一起在般若荒野砍殺衆多無賴漢的人，也叫做武藏，他和宮本武藏是不是同一個人呢？」

4

這個武藏，大概就是那個武藏沒錯。

出淵孫兵衛和村田與三都這麼說，信在他們手上傳來傳去，每個人都重新看了一次。

「字裏行間也流露凜然之氣。」

「滿像個大人物的。」

大家喃喃自語。

庄田喜左衛門說道：

「如果這個人眞如信上所說的，一看到芍藥的切口就察覺它與衆不同，那他的道行一定比我們還高。這是主公親手切下來的，畢竟慧眼才能識英雄啊！」

「嗯……」

出淵突然說道：

「眞想跟他一會。一來可以探探他的虛實，二來也可以問問他般若荒野事件的始末。」

喜左衛門想起了一件事。

「來送信的小孩子還在等著呢！要不要叫他？」

「怎麼做才好呢？」

出淵孫兵衛和木村助九郎商量了一下。助九郎說，現在正好不接受任何修行武者來此學武，所以無法在武館接見這個客人。但是，中門處的新陰堂池畔，正值燕子花盛開，山杜鵑也嫣紅點點。可以利用一個晚上，在那兒設置酒宴，跟他暢談劍術，他一定會樂於參加，要是傳到主公的耳裏，也不會遭到責難。

喜左衛門拍案叫絕。

「這是個好辦法！」

村田與三也同意。

「我們也有興趣跟這人談談，就這麼回答他吧！」

商量有了結果。

在屋外等待的城太郎伸著懶腰。

「怎麼這麼慢哪？」

此時，有一隻大黑狗聞到他的味道，走了過來。城太郎把牠當成好朋友似的，叫道：

「喂！」

抓著牠的耳朵，拉牠過來，說道：

「我們來玩相撲。」

城太郎抱著牠，把牠翻倒。

因爲太容易了，他忍不住開始逗弄牠，又丟又拋的，還用力扳開牠的上下顎。

「叫汪汪！」

玩著玩著，不曉得怎麼惹怒了牠，那隻狗開始抓狂，突然咬住城太郎的袖口，像一頭小牛，嗚嗚低吼。

「好傢伙！你以爲我是誰？」

他手握木刀，做勢欲砍，那狗猛然張開大嘴，像小柳生城奮勇殺敵的士兵一樣，發出兇猛的叫聲。

咚——木劍打在狗堅硬的頭上，發出好像敲在石頭上的聲音。這一來，猛犬咬住城太郎背後的腰帶，把他整個人甩了出去。

「你太過分嘍！」

他正要爬起來，但是狗的速度比他快多了。城太郎哎呀一聲慘叫，兩手摀著臉，拔腿就跑。

汪、汪、汪！

狗的叫聲，震撼了整個後山。城太郎摀著臉的手指之間，流出了鮮血。他連滾帶爬，邊逃邊哭：

「哇——」

聲音之大，實在不輸那隻狗。

圓坐墊

1

「我回來了！」

城太郎回來之後，表情也已經恢復正常，來到武藏面前。

武藏看到他的臉，嚇了一跳。他的臉上布滿抓痕，就像棋盤一樣。鼻子也像掉到沙子裏的草莓，一片血肉模糊。

武藏知道他一定遇到不愉快的事了，而且傷口一定疼痛不堪，可是城太郎對此隻字不提，所以武藏也不問。

「回信在此。」

他把庄田喜左衛門的回函交給武藏，三言兩語把經過情形描述一遍，臉上又流出了鮮血。

「就是這樣，還有別的事嗎？」

「沒有。你辛苦了！」

武藏的眼光一落到庄田喜左衛門的回函，城太郎便用兩手摀著臉頰，往外面衝了出去。

小茶跟在他後面，擔心地看著他的臉：

「怎麼了？城太郎！」

「被狗咬了。」

「哎！哪裏的狗？」

「城裏的——」

「啊！是那隻黑色的紀州犬。那隻狗啊！再幾個城太郎也敵不過牠。有一次，別處的奸細潛到城裏，還被牠咬死了呢！」

雖然經常被他欺負，小茶現在卻親切地帶他到後面洗臉，又拿藥幫他敷臉。今天城太郎也調皮不起來了，對她的親切照顧，不斷地說：

「謝謝！謝謝！謝謝！」

可是頭卻抬不起來。

「城太郎！男子漢大丈夫，怎麼那麼輕易就低頭呢？」

「可是……」

「雖然我們經常吵架，其實我真的很喜歡你。」

「我也一樣。」

「眞的？」

城太郎膏藥空隙間的皮膚，漲得通紅。小茶臉上也是一陣滾燙，趕緊用雙手壓住。四下無人。

乾燥的馬糞被太陽曬得蒸發出熱氣。嫣紅的桃花，從陽光燦爛的天空飄然落下。

「可是，城太郎的師父馬上就要離開這裏了吧？」

「好像還要待一陣子喔！」

「要是能住個一兩年，那就太好了……」

兩人仰躺在馬糧倉庫的乾草堆上，手牽著手。渾身炙熱難耐，城太郎突然瘋狂地咬住小茶的手指頭。

「啊！好痛！」

「痛了？抱歉！」

「不，沒關係，再咬！」

「眞的嗎？」

「啊——再咬、再咬大力一點！」

兩人像小狗一樣擁抱在一起，把乾草蓋在頭上，看起來好像在打架一樣。他們也不知爲何，就是像這樣擁抱著對方。這時候，來找小茶的爺爺看到這個光景，不由得目瞪口呆。接著，突然板著臉罵道：

「你這混蛋！專門搗蛋，在這裏幹什麼？」

爺爺揪著兩人的領襟，把他們拖出來，還在小茶屁股上，狠狠地打了幾下。

2

從那天起到第二天，連著兩天，武藏不知在想什麼，雙手抱胸，幾乎一句話也沒說。看到他表情嚴肅，眉頭緊蹙的樣子，城太郎有點害怕，心想搞不好師父已經知道自己在乾草倉庫跟小茶玩的事了。

半夜偶爾醒來，抬頭偷看武藏，只見他躺在被窩中，還是張著眼，盯著天花板，深沈的表情令人害怕。

「城太郎！去叫帳房的來算帳。」

此刻已是第二天的傍晚，窗外一片昏暗。城太郎匆匆忙忙跑出去，綿屋的伙計立刻就來了。不久，帳單送來，而武藏已經利用這段時間，打點好上路的東西了。

「要不要用晚餐？」

客棧的人問道。

「不要。」

他回答。

小茶茫然地站在房間的角落裏，最後終於開口：

「客官！今夜不再回來這裏睡覺了嗎？」

「嗯。這一段時間，謝謝小茶的照顧！」

小茶雙手掩面，哭了起來。

——再見了！

——請多保重！

綿屋的掌櫃跟女傭們，都站在門口，送這位不知爲何要在黃昏離開山城的旅人。

「？……」

離開客棧，走了一會兒，回頭一看，才發現城太郎並沒有跟來，武藏往回走了十步左右，尋找他的蹤影。

原來城太郎在綿屋旁邊的倉庫下，跟小茶依依難捨。一看到武藏的身影，兩人立刻分開。

「再見了！」

「再見了！」

城太郎跑到武藏身邊，又擔心武藏的眼光，又忍不住頻頻回顧。

柳生谷山城的燈火，很快地被拋在兩人背後。武藏仍然默不作聲，繼續向前走。城太郎回頭已看不到小茶的身影，只好悄悄跟在武藏身後。

武藏終於開口：

「還沒到嗎？」

「到哪裏？」
「小柳生城的大門。」
「要到城裏去啊？」
「嗯！」
「今晚要住城裏嗎？」
「還不確定。」
「大門已經到了，就在那邊。」
「這裏嗎？」
武藏停下腳步。
石牆和柵門上，長滿了苔蘚，巨大的樹林，發出像海濤般的沙沙聲響。在漆黑的多門型石塀背後，從四方形的窗戶，露出了燈光。
他們揚聲一叫，立刻有個守衛出來應門。武藏拿庄田喜左衛門的書信給那人看。
「我是應邀前來的宮本。請幫我們通報。」
那位守衛早已知道今夜有客人，不待通傳，立刻說道：
「恭候多時了。請進！」
說完，在前引導客人向外城廓的新陰堂走去。

3

這新陰堂是住在城裏的弟子們學習儒學的講堂，看來好像也是藩裏的文庫。走廊兩側的房間裏，牆上都擺滿了書架。

「柳生家武功聞名天下，現在看起來，好像不只精通武術而已。」

武藏踏入城內，對柳生家有更進一步的認識，它的深度和歷史，都超乎他的想像。

「不愧是柳生家！」

每件事都讓他頻頻點頭。

譬如，從大門到這裏的道路清潔、守衛的應對、本城附近的森嚴氣氛，還有柔和的燈光，在在顯示出該城的氣度。

就像到一戶人家拜訪，只要在門口脫下鞋子，立刻就能感覺出這一家的家風。武藏就在這種氣氛下，來到一個寬廣的房間，在地板上坐了下來。

新陰堂裏所有的房間，都沒鋪榻榻米，這個房間也是只有木頭地板，所以小廝送來了麥稈編的圓坐墊。

「請用坐墊。」

「謝謝！」

武藏也不客氣，拿來就坐在上面。跟班的城太郎當然沒資格到這裏來，他們讓他在外面的休息室等待。

小廝再度出現，說道：

「歡迎今晚光臨此地。木村大人、出淵大人、村田大人三人都已恭候多時，只有庄田大人碰巧有公事，遲了一點。馬上就來，請稍等一會兒。」

「我只是來閒談的客人，請不必介意。」

武藏把圓墊移到角落的柱子旁，背靠著柱子。

短燈檠的火光，照在庭院上。空氣中傳來淡淡甜香，武藏往外一看，原來是紫藤、白藤，片片花瓣隨著晚風飄落下來。還有，外面也傳來今年尚未聽過的蛙鳴聲，讓他覺得非常稀罕。

附近似乎還有潺潺水流聲。正在懷疑泉水是不是流過地板底下，沒想到心情安定下來以後，圓坐墊下方似乎也可聽到水聲。最後連牆壁、天花板，還有那盞短檠的油燈，好像也都傳來水聲，讓武藏被一陣寒意給團團包圍了。

可是——在這片寂寞之中，武藏內心卻沸騰不止，無法抑制。他的血液就像滾燙的熱水一般。

柳生算什麼——坐在角落的圓坐墊上，武藏有睥睨一切的氣概。

他是一個劍士，我也是一個劍士。在道理上，我們是對等的。

不，我今夜要打破對等關係，讓柳生對我甘拜下風！

他有如此的信念。

「不好意思！讓您久等了。」

這時候，傳來庄田喜左衛門的聲音，另外三個人也同行而來。

「歡迎光臨！」

打過招呼之後，對方循序報上姓名。

「馬迴木村助九郎。」

「在下是納戶村田與三。」

「我是出淵孫兵衛。」

4

酒菜送來了。

裝在古樸的酒杯裏是自製的地方酒，非常醇厚。小菜則各自盛在木盤子上，放在每個人面前。

「這位貴賓！此處乃偏僻山城，什麼都沒有。千萬別拘禮！」

「來吧！不要客氣。」

「隨便坐吧！」

四個主人對一個客人大獻殷勤。而且盡力表現得輕鬆自在。

武藏不善飲酒。不是討厭，而是尙未嘗到酒眞正的滋味。

可是，今夜他卻說：

「先乾爲敬！」

端起酒杯一飲而盡，不難喝，但也沒特別的感覺。

「你看起來很會喝啊！」

木村助九郎再給他倒酒。因爲就坐在武藏旁邊，所以一直喋喋不休跟他說話。

「您前幾天提到的芍藥切枝，其實是敝家的主公親手所切。」

「怪不得這麼高明。」

武藏用力拍了一下膝蓋。

「可是……」

助九郎膝行上前。

「爲何閣下看到那柔軟細枝的切口，就知道此人身手非凡呢？我們對這點感到非常驚訝。」

「……」

武藏斜著頭，似乎不知如何回答，最後終於反問：

「是嗎？」

「當然是眞的！」

庄田、出淵、村田三人異口同聲說道：

「我們都看不出來……到底是慧眼才能識英雄。這一點，能不能給我們這些後進說明一下？」

武藏又乾了一杯。

「眞不敢當。」

「不，您太謙虛了。」

「我不是謙虛，老實說，這只是一種感覺而已。」

「什麼樣的感覺？」

柳生家的四名高徒追根究柢，看來是要探測武藏這個人的虛實。當初見面的第一眼，四高徒對武藏如此年輕感到意外；接下來注意到他魁梧的身材；對他的眼神舉止保持高度機敏，也感到由衷的佩服。

但是，武藏一喝了酒，拿杯舉箸的姿態就開始粗野起來了。

啊哈！到底是個粗人。

不由得把他當作尚未學成的小學徒，開始有些輕視他了。

武藏只喝了三、四杯，已經滿臉通紅，就像燒熱的銅一樣。他感覺有些困窘，頻頻用手壓住臉頰。

他的樣子就像個少女，引得四高徒忍不住發笑。

「能不能談一下您所謂的感覺到底是什麼東西？這新陰堂是上泉伊勢守老師住在此城時，特別爲他蓋的別室，所以跟劍法的淵源十分深厚。在這裏恭聽武藏閣下的解說，是最適合不過的。」

「該怎麼說呢？」

武藏只好這麼回答：

「感覺就是感覺，只能意會，不能言傳。要是勉強要我表達，只有拿刀跟我比畫比畫了！」

5

武藏一心只想抓住接近石舟齋的機會，跟他比武，想教一代兵法宗師臣服於自己的劍下。想在自己的頭冠上，加上一顆耀眼的勝利之星。

——武藏來過，武藏又走了。

他想在這土地上，留下記錄的足跡。

熾熱的血氣，因爲這分野心而在武藏渾身上下燃燒著，但是他依然不動聲色。夜晚寂靜無聲，客人亦保持沈默。短檠上的火光，不時像烏賊一樣，吐出一陣黑煙。晚風徐徐，不知從何處傳來了稀稀落落的蛙鳴聲。

庄田和出淵相視而笑。武藏剛才講的——

要是勉強要我表達，只有拿刀跟我比畫比畫了！

他的語氣雖然平穩，但很明顯的是在向他們挑戰。出淵和庄田在四高徒當中年紀較長，很快就察覺到武藏的霸氣。

小子！你說什麼大話？

他們對武藏的幼稚，只能如此在心裏抱以苦笑。

他們天南地北聊個不停。談劍、談禪、談各國的傳說，尤其是談到關原之役時，出淵、庄田、村田與三等人，都曾隨主人出征，當時武藏和他們分屬敵對的東、西軍，所以特別有話聊。不但主人這邊覺得有趣而喋喋不休，武藏也是興致勃勃。

時間在閒聊中飛逝——

錯過今夜，再也沒有機會接近石舟齋了！

武藏正陷於這般苦思，對方開口道：

「客人，吃點麥飯吧！」

撤下酒杯，換上了麥飯和湯。

武藏邊吃邊想：如何才能見到他？

他心中只有這個念頭。最後思忖：想來，尋常的方法一定無法接近他。就這麼辦！

他只好選擇一個連自己也覺得是下下策的辦法，就是激怒對方，把對方引出來。但是，自己處在冷靜狀態下，是很難激怒別人的，因此武藏開始故意大放厥辭，態度無禮。可是庄田喜左衛門和出淵竟然一笑置之，毫不以爲意。顯見這四高徒不是一般心浮氣躁的淺薄之輩。

倒是武藏有點焦急，入寶山空手而回，會令他遺憾終生的。他感到自己的底細就要被對方看穿了。

「來吧！輕鬆一下！」

飯後茶時，四高徒各自以最舒適的姿勢坐在圓墊上，有的抱膝，有的盤腿。

只有武藏依然靠著柱子，最後默不作聲，快快不樂。他不一定會贏，也許會被殺死，即使如此，沒跟石舟齋交手就離開此城，他將遺憾終生。

「咦？」

突然，村田與三走到屋簷下，對著黑暗嘟囔著：

「太郎吠個不停，而且叫聲很不尋常。是不是出了什麼事了？」

原來那隻黑犬的名字叫太郎。的確，從二城傳來的叫聲十分淒厲，好像在呼喚四周山林中的鬼魅，連狗聽了都會害怕。

太郎

1

狗吠聲久久不停，一定發生什麼不尋常的事。

「不知發生什麼事了？武藏閣下！眞抱歉！我去看看。您坐一下。」

出淵孫兵衛一走，村田與三和木村助九郎也緊接著說：

「抱歉，請在此稍候！」

他們一一對武藏道歉，隨著出淵到外面去了。

遠處黑暗中，狗的吠聲越來越急，好像要向主人通告什麼。

三人離去之後，叫聲更加淒厲。搖曳的燭火，使房中瀰漫著些許陰森之氣。

城內的警犬發出這種異樣的叫聲，表示城裏一定有異樣。雖說現今各國已漸漸能夠和平相處，但絕未放鬆對鄰國的警戒。因爲誰也不知道何時又會有梟雄崛起，一逞野心。別國的奸細更是鎖定那些誤以爲可以高枕無憂的城池，隨時伺機潛入。

「奇怪？」

唯一留下的主人庄田喜左衛門也極度不安，盯著露出凶兆的短檠火焰，豎起耳朵傾聽迴盪在四周的陰鬱吠聲。

忽然，傳來一聲嗥——怪異的哀嚎，拖著長長的餘音。

「啊！」

喜左衛門望著武藏。

武藏也輕呼了一聲：

「啊！」

同時拍了一下膝蓋。

「狗死了！」

喜左衛門幾乎是跟他同時開口說道：

「太郎被殺死了！」

兩人直覺一致。喜左衛門終於按捺不住站了起來。

「出事了！」

武藏好像突然想到什麼事，連忙向在新陰堂外面房間的小廝問道：

「跟我來此的僮僕城太郎在那裏等我嗎？」

小廝到處找了一陣，回答：

「沒看到您的僮僕。」

武藏心裏一驚，對喜左衛門說道：

「我有些不放心，想到狗暴斃的地方去看一看，可否請您帶路？」

「沒問題！」

喜左衛門在前面帶路，往外城的方向跑去。

出事地點就在距武館約一百多公尺的地方，因爲早有四、五盞火把聚集在那裏，所以他們立刻就找到了。方才先離席的村田和出淵也在那裏，另外聞聲而來的足輕、衞兵、護衛，圍成一片黑壓壓的人牆，發出一陣騷動。

「啊！」

武藏從人牆背後，向火把圍成的圈子中央窺探，結果令他大爲驚愕。

不出所料，挺立在那兒的正是城太郎，他全身沾滿了血跡，像個小魔鬼。

他手提木劍，緊咬牙根，喘著氣，用白眼瞪著包圍他的藩士們。

他身邊橫躺著黑毛的紀州犬太郎，齜牙咧嘴，死相慘不忍睹。

「？……」

好一會兒，大家都不作聲。那隻狗雖然向著火把雙眼圓睜，但是見牠口吐鮮血的樣子顯然已經暴斃了。

2

大家目瞪口呆，鴉雀無聲。最後終於有人呻吟般說道：

「噢！是主公的愛犬太郎！」

「你這小子！」

一名家臣走到表情茫然的城太郎身邊。

「是你殺死太郎的嗎？」

咻——一巴掌就往他臉上揮去。城太郎敏捷地閃開。

「是我怎麼樣！」

他聳著肩大吼。

「爲什麼要殺牠？」

「我有殺牠的理由。」

「什麼理由？」

「我要報仇。」

「什麼。」

面露驚訝表情的，不只是站在城太郎對面的那位家臣。

「報誰的仇？」

「我替自己報了仇。前天我來送信，這隻狗把我的臉咬成這個樣子，今晚我一定要把牠殺死。我找了一下，看到牠睡在那裏的地板下，爲求公平，我還把牠叫醒，跟我正式決鬥，結果我贏了。」

他滿臉通紅，極力表示自己絕不是用卑鄙的手法贏得勝利。

但是，責備他的家臣，還有在場面色凝重的人，關心的根本不是這場人狗大戰的勝負。他們或怒或憂，是因爲這隻叫太郎的警犬，是現在在江戶任職的主人但馬宗矩的愛犬，尤其這狗是紀州賴宣公愛犬「雷鼓」所生，宗矩特地領養回來，還附有血統證明書的名犬。現在被人殺死了，不能不追究責任，更何況還有兩個領有俸祿的人專門照顧牠呢！

現在這位站在城太郎面前，臉色慘白、青筋迸露的武士，可能就是照顧太郎的武士吧？

「閉嘴！」

又一拳向他頭上招呼了來。

這回躲不掉了，一拳打在城太郎耳邊。城太郎單手摀著臉頰，像河童般的頭，已經怒髮衝冠。

「你要幹什麼？」

「既然你殺死了這隻狗，我就要以其人之道還治其身！」

「我是爲了報前幾天的仇，冤冤相報這樣對嗎？你們大人連這點道理都不懂嗎？」

對他來說，做這事是把生命都賭進去了。他只是要明白表示，武士最大的恥辱莫過於顏面受傷，搞不好他還認爲別人會稱讚他呢！

因此，不管照顧太郎的家臣怎麼罵他、怎麼生氣，他一點都不懼怕。反而對他們無理的責罵，感到忿恨不平，極力反駁。

「囉嗦！雖然你是個小孩，但應該分得出人和狗的不同。向狗報仇？哪有這種事？我一定要用你對待狗的方式殺了你。」

他一把揪住城太郎的衣襟，第一次抬眼望向周圍的人，爭取大家的支持，彷彿在向大家宣告，這是自己的職責所在，不得不如此。

衆藩士們默默點頭。四高徒雖然面有難色，卻沒吭聲。連武藏也保持沈默。

3

「快！小鬼！叫汪汪！」

對方揪著城太郎的領子，轉了兩、三圈，趁他昏頭轉向，一把推倒在地。

照顧愛犬太郎的家臣，拿著樫木棒，對著他打了下去。

「喂！小鬼！我要代替狗，像你打死牠一樣打死你，起來！快學狗汪汪叫，過來咬我呀！」

城太郎似乎一下子無法站起來，咬緊牙關，單手撐著地面，然後拄著木劍，慢慢把身體撐了起來。

他雖然是個小孩，但是瞪著眼睛猶似決心一死，河童般的紅毛倒豎，表情淒厲。

他眞的像狗一樣，怒吼了一聲。

這不是虛張聲勢。

他堅信：

我做的事是正確的，我沒有錯！

大人生氣，有時還會自我反省，但是小孩一生起氣來，只有親生母親才能安撫得了他。再加上對方拿著木棒，更讓城太郎燃燒得像個火球。

「殺呀！你殺殺看！」

他散發出一點也不像小孩的殺氣，如泣如訴地嚷著：

「去死吧！」

樫木棒一聲呼嘯。

這一擊，城太郎準沒命。鏘——地一聲巨響，直貫衆人耳膜。

武藏神情冷淡，直到此刻還一直雙手環抱，在一旁靜靜觀看。

咻——城太郎手上的木劍飛向空中。幾乎喪失意識的他，用木劍接下了第一擊，結果當然是木劍從被震痲的手中飛了出去。

「你這畜牲！」

城太郎喊著，撲上去咬住敵人的腰帶。

他用牙齒和指甲，死命的攻擊對方的要害，對方的樫木棒因此兩次揮空。那個人一點也沒察覺自己在欺侮一個小孩。而城太郎的表情是筆墨難以形容的淒厲，張牙咬住敵人的肉，舞爪抓住敵人的衣襟。

「你這小子！」

城太郎背後出現了另外一支木棒，對著他的腰就要打下去。這時候，武藏終於鬆開手腕，動作快速，一瞬間就穿過宛如石牆般的人羣。

「卑鄙！」

大家看到兩隻木棒和它們的主人，在空中轉了一圈，像個球似的滾到十二尺遠的地方。

接著武藏一面罵道：

「你們這些無賴！」

一面抓住城太郎的腰帶，把他高舉到自己頭上。

接著又對著迅速重新撿起樫木棒的家臣說道：

「一切經過我都看到了，你們有沒有調查過呢？他是我的僮僕，你們是要向這小孩問罪？還是向我這個主人興師問罪呢？」

那名家臣語氣激動地回答：

「不用說，當然是向你們兩個問罪。」

「好！那就主從二人跟你們打，接住！」

話聲甫落，他把城太郎的身體往對方身上用力擲去。

4

周圍的人，從剛才就一直納悶：

他是不是瘋了，把自己的僮僕舉得高高的，到底要幹什麼？

大家瞪著武藏，似乎在猜測他的心思。

忽然，他雙手把城太郎從高處向對方丟去。

「啊！」

人羣為了躲閃，立刻向後退了幾步。

原來是拿人打人。大家看到武藏這胡亂且令人意外的做法，都倒吸一口冷氣。

被武藏用力擲出的城太郎，宛如從天而降的雷神之子，手腳都緊緊蜷縮成一團，往閃避不及的對方懷裏撞了過去。

「哇！」

那個人好像下巴脫臼了一般，發出一聲怪叫：

「嘎！」

那人的身體吃不住城太郎的重量，就像被鋸斷的樹幹一樣，直挺挺向後栽了下去。

不知是倒地的時候後腦勺撞到了地面？還是宛如石頭般的城太郎撞斷了他的肋骨？反正發出了一

聲「嘎！」之後，照顧太郎的那位家臣立刻口噴鮮血。而城太郎則在他胸膛上打了個滾，像個皮球似滾到十多尺遠的地方。

「你竟然敢動手？」

「是哪裏的浪人？」

這回不管是不是照顧太郎的人，圍在四周的柳生家家臣異口同聲罵了出來。很少人知道他是應四高徒之邀，進城做客的宮本武藏。看到眼前情形，難免要個個怒髮衝冠，殺氣騰騰了。

「我說——」

武藏重新面對他們：

「各位！」

他到底要說什麼呢？

他神情淒厲，撿起城太郎剛才掉落的木劍，拿在右手上，說道：

「僮僕之罪即主人之罪！我將承擔一切懲罰。只是，你們應該將城太郎視爲光明磊落拿著劍的武士，和他決鬥，豈能像殺狗一樣，拿木棒打他！我要跟你們一較高低，在此先做聲明。」

這不但不是在認罪，簡直擺明了是要挑釁。

要是武藏代替城太郎道個歉，努力安撫藩士們的情緒，或許事情還能圓滿解決。而且，一直沒表示意見的四高徒也可能會說：

「算了、算了，不要追究了！」

而擔任雙方的和事佬。但是，武藏的態度卻背道而馳，巴不得將事情鬧得越大越好。庄田、木村、出淵等四高徒，都皺著眉，心中暗忖：

「奇怪了？」

他們退到一旁，用銳利的眼神，盯著武藏不放。

5

當然，武藏粗暴的言論，不只四高徒，其他人也都憤怒不已。

除了四高徒，柳生家的人都不知道這人的底細，更猜不透他現在的心思。本來即將爆發的情緒，經武藏這麼一說，更是火上加油。

「你說什麼！」

他們對著武藏罵道：

「不知好歹的東西！」

「哪裏來的奸細？把他抓起來！」

「不，應該把他處死！」

「別讓他逃走了！」

被吵嚷不休的衆人團團圍住的武藏，和被他拉在身旁的城太郎，簡直要被白刃給淹沒了。

「啊！等一等！」

庄田喜左衛門終於開口。

喜左衛門一叫，村田與三跟出淵孫兵衛也開口說道：

「危險！」

「不可妄動！」

四高徒至此才積極出面，對大家說道：

「讓開、讓開！」

「這裏交給我們。」

「每個人都回到自己的崗位去！」

然後又說：

「這個男子似乎有什麼預謀，要是一不小心上了他的當，有人受傷，我們如何向主君交代？太郎的事固然重要，但是人命關天。這次事件的責任由我們四個來承擔，絕對不會給各位添麻煩，你們安心離開吧！」

過了一會兒，這裏只剩剛才在新陰堂對坐的主客人數了。

只不過，現在主客關係已經丕變，成了犯罪者和裁判敵對關係了。

「武藏！你的計策很不幸泡湯了——依我觀察，你一定是受某人之命，不是來探小柳生城的虛實，就是來擾亂治安的，對不對？」

四雙眼睛緊盯著武藏質問。這四人當中，個個武功都已達到相當的境界。武藏把城太郎護在腋下，腳就像生了根似的，不曾移動半步。然而，現在武藏即使插翅，也難在這四個人中找到空隙飛了。

出淵孫兵衛接著說道：

「喂！武藏！」

他握著刀柄，稍微向前推，擺好架式。

「計謀被識破，自我了斷是武士應具備的品格。你雖然居心叵測，但是膽敢只帶著一名僮僕，便堂堂進入小柳生城，也算勇氣可佳。再加上我們也算有一夕之誼，所以——切腹吧！我們給你時間準備。讓我們看看你的武士精神！」

四高徒認為這樣一切都可以解決了。

因爲他們沒稟報主君就私自決定邀請武藏，也沒問他眞實姓名和目的，所以急著把這件事隱瞞過去。

武藏當然不肯。

「什麼？要我武藏切腹自盡？我才不幹這種傻事！」

他昂然幌動肩膀，一陣大笑。

6

武藏不遺餘力地激怒對方，期待掀起另一場暴風雨。

情緒不容易受波動的四高徒，終於也忍不住皺起眉頭。

「好！」

語氣平和，但卻非常果斷。

「對你慈悲爲懷，你不接受，我們只好不客氣了！」

出淵說完，木村助九郎接著說道：

「多言無用！」

他繞到武藏背後，用力推著他，說道：

「走！」

「去哪裏？」

「牢裏！」

武藏點頭向前走。

但卻是照著自己的意思，大步往本城的方向走去。

「你要到哪裏去？」

助九郎立刻繞到武藏前面，張開雙臂攔阻。

「牢房不從這裏走。向後轉！」

「不退！」

武藏對緊貼在身邊的城太郎說道：

「你到對面松樹下。」

松樹附近似乎已是接近本城玄關的前庭，到處是茂盛的松樹，地上鋪的沙子好像篩過一般，細緻且閃閃發光。

城太郎聽武藏說完，立刻從他的袖下飛奔離開，躲到一棵松樹後面。

看吧！我師父又要發威嘍！

他想起武藏在般若荒野的雄姿，而他也像隻刺蝟，渾身汗毛直豎。

仔細一看，只一瞬間，庄田喜左衛門和出淵孫兵衛兩人已經左右包抄武藏，架住他的雙手，說道：

「回去！」

「不回去！」

同樣的對話又重複了一次。

「說什麼都不回去嗎？」

「嗯！一步也不退！」

「哼！」

站在武藏面前的木村助九郎終於按捺不住，拍著刀柄。較年長的庄田和出淵二人，連忙向他示意先別出手。說道：

「不回去就不回。但是，你要到哪裏？」

「我要去見貴城的城主石舟齋。」

「什麼？」

即使是四高徒也不由得一臉的愕然。他們只知道這年輕人一定有奇怪的目的，可是誰也沒料到他想接近石舟齋。

庄田又問：

「見我們主公做什麼？」

「我是兵法修行的年輕人，想要向柳生流的宗師求教。」

「爲什麼不照規矩向我們提出申請？」

「我聽說宗師已不見任何人，也不再指導修行武者了。」

「沒錯。」

「果眞如此，那麼除了向你們挑戰比武之外，別無他法。可是，光是一般的比武一定很難把他請出草廬。所以，在下想以全城的人爲對手，在此要求會戰。」

「什麼？會戰？」

四高徒目瞪口呆，反問武藏。又重新直視武藏的眼睛，懷疑他是不是瘋了？

武藏兩隻手就這樣讓對方抓著，抬頭仰望天空，因爲黑暗中傳來了啪噠啪噠的聲響。

「？……」

四高徒也抬頭仰望。只見一隻鷲鳥從笠置山的闇夜中，掠過星空，停在城內倉庫的屋頂上。

心火

1

「會戰」這字眼，聽起來非常響亮，但仍不足以表達武藏此刻的心情。

這絕不是點到為止的小試身手，武藏才不會要求這種不痛不癢的形式。

他說的會戰，追根究柢就是比武。但既然同是要賭上一個人全部的智力跟體力來決定命運的勝敗，即使形式不一樣，但對他來說，卻無異於大規模的會戰。唯一的差別在於一個是調度三軍，一個是調度自己的智慧和體能極限。

這是一人對一城的會戰。武藏跨出的腳跟上，充滿高昂的戰鬥力，因此很自然地說出了會戰兩字，而四高徒則心想：這傢伙是不是瘋了？

他們似乎懷疑武藏的常識水準，又一次打量武藏的眼神。當然，他們的懷疑也不無道理。

「好！有意思！」

木村助九郎毅然接受，立刻踢掉腳上的草鞋，撩起褲子下擺。

「會戰太有意思了。雖然沒有鳴鐘擊鼓，還是用參與會戰的心情應戰。庄田、出淵！把那小子推過來！」

他們苦苦忍耐，終於爆發了。第一個上場的木村助九郎早就想將武藏除之而後快。

事已至此！

兩人對望了一眼。

「好！交給你了。」

兩人同時放開武藏的手腕，用力往他背上一推。

咚、咚、咚——

武藏將近六尺的巨大身軀發出四、五聲巨響，往助九郎面前踉蹌跌撞過去。

助九郎雖然有所準備，但還是向後退了一步。距離正好是伸手可碰到武藏跌過來的身體。

「卡！」

助九郎咬緊牙根，將右手肘舉到臉部。然後，揮動手肘，發出咻——的一聲，對著跌過來的武藏，打了過去。

沙、沙、沙——

劍鳴不已。助九郎的刀彷彿神靈乍現，發出鏗鏘的刀刃聲。

同時，聽到哇——的一聲，不是武藏發出來的。原來是躲在遠處松樹後的城太郎，大吼著飛奔過來。而助九郎的刀會發出沙沙的聲響，也是城太郎丟了一把沙子過來的緣故。

但是這種時刻，一把沙子當然沒什麼作用。而武藏被對方一推之時，就已經算好自己跟助九郎之間的距離，還加上自己的力量，對著他的胸部猛衝過去。

被打一拳，踉蹌跌出去的速度，和趁勢奮不顧身猛衝的速度，是很不一樣的。

助九郎向後退的距離，和向前進攻的距離，都因此而有了誤差，撲了個大空。

2

兩人各自退開，中間隔了十二、三尺。助九郎高舉大刀，而武藏正要拔刀——雙方互相凝視，不動如山，只有周圍的氣氛陷入沈沈的黑暗中。

「哦！這個不是省油的燈！」

庄田喜左衛門脫口而出。除了庄田之外，出淵、村田二人，雖然還沒有捲入戰局，卻好像被什麼強勁的力量撞擊了一下。接著，各自找了個適當位子，擺好架式。

這傢伙有兩下子——他們張大眼睛，注視武藏的任何動靜。

一股逼人的寒氣凝結在空氣裏。助九郎的刀尖，一直停在他自己黑影胸部下方的位子，一動也不動。武藏則是右肩對著敵人，紋風不動。右肘高舉，將全部的精神凝聚在仍未出鞘的刀柄上。

「……」

兩人的呼吸，沈重得幾乎可以數得出來。從稍遠的地方來看，武藏即將劃破黑暗的臉上，好像放了兩顆白色圍棋，那是他的眼睛。

精力的消耗超乎想像。雙方雖然隔了一尺之遠，但是環繞助九郎身軀的黑暗中，漸漸可以感受到微微的動搖。很明顯的，他的呼吸已經比武藏慌亂、急促。

「唔唔……」

出淵孫兵衛不覺發出呻吟，因爲形勢已經很明顯，這是一場弄巧成拙的大禍，想必庄田和村田也有同樣的感覺。

這人非泛泛之輩！

助九郎和武藏的勝負，這三個人已了然於胸。雖然有些卑劣，但是在事情擴大之前，以及造成無謂的傷亡之前，一定要一舉擊敗這個不知底細的闖入者。

這個想法，在三個人彼此的眼神中，無言地傳遞著。事不宜遲，三人立刻行動，逼近武藏左右。忽然，武藏的手腕像繃斷的琴弦，突然向後揮去。

「呀！」

淒厲的吼聲，響徹雲霄。

響徹雲霄的聲音，與其說是武藏口中發出來的，不如說他整個身子猶如梵鐘震動，劃破四周的寂靜。

「啐！」

對方吐了一口唾沫，四人掄起四把大刀，排成車輪陣，武藏的身體就像蓮花瓣中的一點露珠。

武藏覺得此刻的自己正處在不可思議的狀態中，全身的毛孔雖然好像就要噴出熱血般的灼熱，但是心頭卻冷若冰霜。

佛家所說的紅蓮，指的不就是這種狀態嗎？寒冷的極致跟灼熱的極致是同樣的，非火亦非水。武藏的五體，現在便處於這種狀態。

3

沙子沒繼續飛過來，城太郎不知到哪裏去了？突然不見蹤影。

——颯颯，颯颯。

晚風在夜色中，不時從笠置山直吹而下，好像在磨亮那些不輕易動搖的白刃，嘩！嘩！像燐火在風中飄閃不定。

四對一。但是，武藏根本沒有察覺自己是孤軍奮戰。

算什麼！

他只意識到自己的血脈賁張。

死。

以往他總想慷慨赴死，但很奇怪地，今夜一點也沒有這種感覺。甚至也沒想到要戰勝對方！

笠置山吹來的晚風，似乎直直吹進了他的腦袋裏，腦膜就像蚊帳一樣，透著涼氣。而且，他的眼睛在黑暗中閃閃發光，令人生畏。

右邊有敵人，左邊有敵人，前面也有敵人。但是——

最後，武藏的皮膚變得一片溼黏，額頭也冒著油汗，生來就異於常人的巨大心臟，急劇跳動著，外表不動如山，體內卻燃燒到極點。

刷、刷……

左手邊敵人的腳步微微擦動了一下。武藏的刀尖，像蟋蟀的觸鬚一般敏感，早已視破對方的動靜。而敵人也察覺到他的警覺，沒攻進來。依然是四對一。

「……」

武藏瞭解這種對峙對自己不利。他心中盤算著把四人的包圍陣形，改成一字排開的直線形，然後一一砍倒對方。但是，對手並不是烏合之衆，全都是高手中的高手，不可能任由武藏引導。個個嚴守著目前的位置。

只要對方不改變位置，武藏絕不會出手。一個可能是拚死跟其中一人對打，或許有可能致勝。否則只能等待其中一人動手，導致四人的行動有一瞬間的誤差，趁此空隙進攻了。

眞棘手！

四高徒對武藏又多了這一層新的認識，沒人敢仗著四個人，而有所疏忽。這個時候，要是仗著人多，而有一絲一毫的鬆懈，武藏的大刀，一定毫不猶豫地砍向那裏。

世上眞是天外有天，人上有人！

就連承襲柳生流精髓，體悟出庄田眞流眞理的庄田喜左衞門，也只能暗中忖道：這人眞不可思議！他只能透過劍梢觀察敵人，連一尺他都無法向前進逼。

就在劍和人，大地和天空，幾乎都要化爲冰霜的刹那間，意外的聲音，驚醒了武藏的聽覺。

是誰？誰在吹笛？悠揚的笛聲穿透附近本城的林間，隨著晚風飄過來。

4

笛聲——悠揚的笛聲，是誰在吹？

正處在無我無敵、無生死妄念、劍人合一狀態下的武藏，耳中突然竄入可疑的樂聲而中途恢復了意識，回到肉體和雜念的自我。

因爲，那笛音深深地烙印在他的記憶裏，充塞於他的腦海和全身的肉體，是他永遠也忘不了。

不就是在故鄉美作國——高照峰附近——夜夜被人追捕，飢寒交迫、頭昏眼花的時候，傳來的天籟嗎？

那時——

猶如牽著自己的手，一直在呼喚著：出來吧！出來吧！造成自己被澤庵抓住的機緣，不就是這笛聲嗎？

即使武藏忘記此事，當時武藏潛在神經也一定受到強大的衝擊感動而無法忘懷。

不就是那時候的笛聲嗎？

不但笛聲一樣，連曲子也完全相同。啊！錯亂的神經裏，有一部分在腦海裏叫著：

——阿通！

腦海裏閃過這個聲音的同時，武藏的四肢百骸，忽然就像雪崩一樣，頓時變得非常脆弱。

對方當然察覺到他的變化。

四高徒終於找到武藏的大破綻。

「殺！」

隨著一聲大喝，武藏看到木村助九郎的手肘，好像瞬間長了七尺，已直逼眼前。

「喝！」

武藏的神志又回到刀尖。

他感到全身的毛髮好像著了火一般充滿熱氣，肌肉緊綳，血液像激流般在皮膚下竄流。

——被砍到了。

武藏立刻感受到左手袖口破了一個大洞，手腕露了出來，看來是連衣帶肉地被砍到了。

「八幡神！」

在他心中，除了自己之外，還有神明的存在。當他看到自己的傷口時，迸出了如雷電般的叫聲。

他一轉身。

換了個方位，回頭一看，剛剛砍到自己的助九郎背對自己，正站在剛才自己的位置上。

「武藏！」

出淵孫兵衛大叫一聲。

村田和庄田也繞到武藏側面。

「呀！你也不過如此！」

武藏不顧他們的叫罵，用力一蹬，跳到一根低矮的松枝上，然後再一躍，又一躍，頭也不回地隱沒在黑暗之中。

「膽小鬼！」

「武藏！」

「無恥的小子！」

往城中空濠急落的懸崖附近，傳來如野獸跳躍般的樹枝折斷聲。梟梟笛聲，依然迴蕩在夜半的星空。

黃鶯

1

那是條深達三十尺的空濠。雖說是空濠，但深暗的濠底可能積了一些雨水。

因此，順著長滿灌木林的懸崖滑下來的武藏，中途停了下來，扔一塊石頭測試，再跟著跳了下去。像從井底仰望天空一般，星星看起來更遙遠。武藏咚一聲，仰躺在濠底的雜草叢中，大約有一刻鐘，動也不動一下。

他的肋骨劇烈地起伏著。

漸漸地，心、肺終於恢復正常。

「阿通……她不可能在這柳生城，可是……」

即使熱汗已涼，呼吸已經平順，如亂麻般的情緒還是不容易平靜下來。

「那一定是錯覺。」

可是他又想到：

「不，人世間變化無常，搞不好阿通眞的在那裏。」

他在星空中描繪阿通的臉龐。

不，她的一顰一笑，根本不必描繪，經常不自覺地映在他的心中。

甜美的幻想，突然包圍著他。

她曾在國境的山頂上對他說——

除了你之外，我不會再喜歡別的男人了！你才是眞正的男子漢，沒有你，我活不下去。

在花田橋頭，她還說過——

你來之前，我已經在此等了九百天了。

那時她還說——

如果你不來，我就在這橋頭繼續等下去，十年、二十年，即使等得頭髮都白了……帶我走！再怎麼苦我都可以忍受。

武藏心中隱隱作痛。

他迫於無奈，辜負了她的一片純情，乘隙而逃……

她不知怎麼怨恨自己呢！她一定對這個無法理解的男人，恨得咬牙切齒吧！

「原諒我！」

武藏口中不知不覺念著當時自己用小刀刻在花田橋欄杆的話語，兩行熱淚汩汩而下。

懸崖上面，突然傳來人聲：

「沒在這裏！」

武藏看到三、四支火把在林間晃了幾下之後就離開了。

他意識到自己在流淚，恨恨地說：

「女人算什麼！」

連忙舉起手拭去淚水。

他踢散幻想的花園，翻身跳了起來，再次望著小柳生城黑色的屋影。

「先別說我膽小鬼、無恥，我武藏可沒說要投降喔！暫時退兵可不是逃走，是兵法的運用啊！」

他在空濠濠底走來走去，但怎麼走都走不出空濠。

「我一刀都還沒出手呢！四高徒不是我的對手，還是見柳生石舟齋吧！走著瞧！會戰——現在才要開始呢！」

他拾起地上的枯木，劈劈啪啪地，用膝蓋折成好幾節。然後，插入岩壁的縫隙裏當踏腳石，直攀而上。不久，他的身影已經出現在空濠的外側了。

2

此刻，已聽不到笛聲。

城太郎不知躲到哪裏去了？但是，這一切都不存在武藏的思緒中。

現在他的心中只有旺盛的——旺盛得連自己都控制不住的——血氣和功名心。他此刻只想爲這般驚人的征服欲找到一個發洩的出口，眼中燃燒著全部的生命。

「師父——」

遠處的黑暗中，似乎傳來呼喚的聲音，但一凝神細聽，卻又聽不見了。

是城太郎嗎？

武藏突然想到他，不過立刻又轉念一想：

他不會有危險的。

因爲剛才雖然一度在崖腹出現火把，但消失之後，再也沒見到蹤影，似乎城裏的人並沒有要趕盡殺絕的意思。

「趁這個時候，去找石舟齋。」

他在深山的樹林和山谷間到處亂走，有時都懷疑是不是跑到城外了。但是看到到處出現的石牆和城濠，還有像糧倉般的建築，又讓他確定自己還在城內，但是怎麼也找不到石舟齋的草庵。

他曾聽綿屋客棧的老闆說過，石舟齋不住在本城，也不住在外城，而是住在合內某個地方的一個草庵，安享餘年。他決定，只要找到那個草庵，就要直接叩門而入，拚死也要見他一面。

他找得失神，幾乎要大叫：

「在哪裏啊？」

最後，走到笠置山的絕壁前，看到後門的欄杆，才又無功而返。

出來！看你是不是我的對手！

即使是妖怪變的石舟齋也好，他眞希望石舟齋現在就能出現在他面前。他四肢百骸充滿的鬥志，讓他在夜裏也像個惡鬼一樣到處遊走。

「啊……哦！好像是這裏？」

他來到一個往城東南方傾斜的坡道下方。那附近的樹木都經過仔細的修剪，應該是有人居住的地方。

他看到一扇門！

那是利休風格的茅草門，雜草蔓生到門栓處，圍牆裏面是一片茂密的竹林。

「哦！就是這裏！」

他往裏面窺視了一下，景色像個禪院，竹林中有一條小路，沿著坡道直攀而上。武藏正準備翻牆而入。

「不，等等！」

門前清掃得一乾二淨，隨風飄落的白色梔子花，顯現出主人的風骨。這個情景，撫平了武藏莽動的心，他突然注意到自己散亂的鬢髮和衣著。

「不必這麼急。」

特別是他感疲倦了。他覺得在見石舟齋之前，必須先整頓一下自己。

「明早一定會有人來開門的，就等到那時候吧！要是他還是拒絕見修行武者，再採取對策。」

武藏坐到門邊，背靠著柱子，立刻呼呼大睡。

星空寂靜。白色的梔子花，在晚風中搖曳生姿。

3

一滴冰涼的露水落在武藏脖子上，他睜開眼睛，不知不覺天已破曉。飽睡後的武藏，感受到晨風的清涼，以及從耳際流洩而過無數的黃鶯歌聲。頓時之間，猶如脫胎換骨般精神爲之一振，所有的疲勞也一掃而光。

他揉揉眼睛，抬頭一看，火紅的朝陽正踏著伊賀、大和連峰的山頭，慢慢上昇。

武藏猛然站了起來，充分休息後的身體，一曬到太陽，立刻燃起希望，充滿功名和野心。

「唔、唔──」

他忍不住伸了個懶腰，活動手腳，催動蓄滿了力量的軀體。

「就是今天了。」

他不覺喃喃自語。

接著他感到一陣飢餓。連帶也想到了城太郎。

「他不知怎麼樣了？」

他有些擔心。

昨晚對城太郎是稍微殘酷了一點，但是武藏知道這對他的修行會有幫助才這麼做。武藏知道不管犯了多大的錯誤，城太郎都不會有危險。

淙淙的水聲，傳了過來。

一道清流，從門內高山直落而下，快速穿過圍繞著竹林的牆腳，然後滑落到城下。武藏洗過臉，然後像吃早餐一樣，喝了幾口水。

「好甜！」

水的美味，直透體內。

石舟齋想必是看中這個名水，才將草庵蓋在這水源之處。

武藏不懂茶道，也不知茶味，只是單純感到：

「好甜！」

他幾乎要脫口而出。武藏是第一次感受到山泉竟然是這麼的甘甜。

他從懷裏拿出一條髒手帕，在水中清洗之後，立刻變得好乾淨。

他用這手帕仔細擦了脖子，連指甲都洗得很乾淨。然後，拔下刀形髮叉，用手梳理亂髮。

不管怎麼樣，今早他要見的是柳生流的宗師，也是天底下少數幾個能代表現代文化的人物之一。而像武藏這種無名小卒，跟他比起來，簡直是小巫見大巫。

他拉平衣襟、撫平亂髮，是應有的禮儀。

「好！」

心裏也準備好了。頭腦清醒的武藏，成爲一個從容不迫的客人，上前敲了敲門。

但是，草庵蓋在山上，聽不到敲門聲。他突然想到也許有門鈴，便在門前左右找了一下，結果看到左右門柱上，掛著一副對聯，雕刻文字所塗的青泥，已經褪了色。仔細一看，原來是一首詩歌。

右聯寫著：

休怪吏事君
好閉山城門

左聯寫著：

此山無長物
唯有清鶯鳴

滿山的樹林，籠罩在黃鶯甜美的歌聲中。武藏凝視著詩句，陷入沈思。

4

掛在門上的對聯詩句，描寫的當然是山莊主人的心境。

「休怪吏事君，好閉山城門，此山無長物，唯有清鶯鳴……」

武藏默念了好幾回詩句。

今早外表淨肅有禮，內心澄明安寧的武藏，對此詩句竟然一下子就融會貫通。

同時，他的內心也映照出石舟齋的心境、人品及生活方式。

「我太輕浮了！」

武藏不由得低下頭。

石舟齋閉門隱居，拒絕接觸的絕對不只是修行武者。一切功名利祿，一切私欲，都被他摒棄於門外。

他還體諒那些下層官吏，要世人休怪他們。石舟齋這種避世的姿態，令他聯想到樹梢上皎潔的明月。

「差遠了！他是我遠遠不及的人啊！」

他再也提不起勇氣敲門了。而昨天他本想要踢門而入的，現在光是想起來都覺得很可怕。

不，應該說自己很可恥。

能進入這扇門的，唯有花鳥風月。現在的石舟齋，不是傲視天下的劍法名人，也不是一國的藩主。只不過是回歸大愚，悠遊於大自然之間的一名隱士罷了。

騷擾這種人的幽靜住所，實在太愚蠢了。戰勝不問名利的人，又可以得到什麼名利呢？

「啊！要是沒有這副門聯，我就會被石舟齋嘲笑了。」

豔陽高昇，黃鶯已不像早晨時刻那麼嘹亮。

此刻，從柴門內遠方的坡道上，傳來一陣急促的腳步聲，小鳥被驚嚇得四處飛散。

「啊？」

武藏從圍牆隙縫看到那人時，臉色大變。從坡道跑下來的是位年輕女子。

「是阿通！」

武藏想起昨夜的笛聲，心亂如麻。

見她？還是不見？

他不知所措。

他想見她！

又想，現在還不能見她！

武藏內心一陣悸動，波濤洶湧。他也不過是個清純的青春男子，還不善於應付女性的問題。

「怎、怎麼辦？」

還是拿不定主意。就在他猶豫不決時，從山莊跑下坡道的阿通，馬上就要到了。

「奇怪？」

她突然停下腳步，回頭張望著。

今早的阿通，眼眸中閃耀著喜悅之色，不停左顧右盼。

「我以爲他跟著來了呢！……」

她不知在找什麼人，最後只好用雙手圈住嘴巴，對著山上大喊：

「城太郎！城太郎！」

聽到她的叫聲，又看到她近在眼前的身影，武藏紅著臉，悄悄地躲到樹蔭後。

5

「城太郎！」

隔了一陣子，她又叫了一次，這次有回音了。

「哦——」

竹林上方，傳來一聲含糊的回答。

「哎呀！我在這邊呀！從那裏走會迷路的。對！對！下來。」

城太郎好不容易穿過孟宗竹，跑到阿通身邊。

「什麼呀？原來妳在這裏啊？」

「你看吧！我說要緊跟著我，你就是不聽話。」
「我看到野雞，就追了過去嘛！」
「什麼捉野雞？天亮之後，不是非要找到那個重要人物嗎？」
「別擔心，我師父不容易被打敗的。」
「可是，你作晚跑來見我時，是怎麼說的？你不是說，現在師父生命危急，還要我向主公求情，阻止他們互相殘殺嗎？那時城太郎急得都快哭出來了呢！」
「那是因爲我嚇到了嘛！」
「我才嚇了一大跳呢！聽到你師父是宮本武藏的時候，我連話都說不出來了。」
「阿通姊姊！妳以前怎麼認識我師父的？」
「我們是同鄉。」
「只是這樣？」
「對。」
「奇怪了！只是同鄉，昨晚幹嘛哭得那麼傷心？」
「我眞的哭得那麼傷心嗎？」
「妳就會記得別人的事，自己的事倒忘得光光。……當時，我看情形不妙，對方有四個人哪！要是四個普通人也就罷了。可是偏偏都是高手，要是我撒手不管，說不定今晚師父就會被宰了……。爲了幫助師父的忙，我抓了一把沙子，丟向那些人。那時，阿通姊姊好像在附近吹笛子，是不是？」

「對！在石舟齋大人面前。」

「我一聽到笛聲，突然想到：對了！可以拜託阿通姊姊向主公道歉。」

「這麼說來，武藏哥哥也聽到我的笛聲了。他一定能感受到我的心情，因爲我吹笛的時候，內心正想著武藏哥哥呢！」

「這種事怎麼說都好，重要的是我聽到了笛聲，所以才能找到阿通姊姊。我拚命朝笛音的地方跑，然後，大吼大叫了一陣。」

「你喊著『會戰』，石舟齋大人好像也嚇了一大跳呢！」

「那爺爺人眞好。聽到我殺了太郎那隻狗，卻不像其他人那樣生氣。」

跟這少年一聊起來，阿通把時間、要事都忘得一乾二淨。

「哎呀！……別再談了！」

阿通打斷滔滔不絕的城太郎，走到柴門內側。

「以後再聊吧！最重要的是今天早上一定要找到武藏哥哥。石舟齋大人也說要破例見見這樣的男子，現在正等著呢！」

6

門裏響起拉開門閂的聲音。利休風格的柴門向左右打開了。

今早的阿通，看起來分外豔麗動人。不只是因爲心中期待能見到武藏，也是因爲年輕女性的自然光采，完完全全在皮膚上顯露了出來。

近夏的陽光，曬得她的臉頰像個紅蘋果。微風送來陣陣嫩芽的清香，連肺都似乎被染綠了。躲在樹蔭中，背部已被朝露濡溼的武藏，看到阿通的樣子，立刻注意到——

啊！她看起來很健康嘛！

在七寶寺走廊上，經常流露出寂寞空虛眼神的阿通，絕對沒有現在這樣閃閃動人的雙頰和眼眸。那時的她完全是個孤苦無依的孤兒。

那時阿通尚未戀愛。即使有，也是懵懵懂懂的情懷。是個一味怨嘆、回顧，爲何只有自己是個孤兒的感傷少女。

但是，認識武藏，深信他才是眞正的男子漢之後，她在初次體會到的女性沸騰熱情中，找到了自己的人生意義。尤其是爲了追尋武藏，一路浪跡天涯之後，不論身心，都被磨練得能接受任何的考驗了。

武藏躲著，望著她磨練後的成熟之美，非常驚訝。

她簡直判若兩人！

武藏心裏一陣衝動，想跟她到無人的地方，向她表明自己的眞意——傾訴自己的煩惱——說明自己堅強外表下的脆弱之處。還要告訴她刻在花田橋欄杆上的無情文字，不是自己的眞心話！

然後，只要沒人看到，即使向女人示弱，也沒什麼大不了的。他要向她表白自己的熱情，以回應她對自己的傾慕之心。眞想緊緊地擁抱她，跟她耳鬢廝磨，爲她拭去淚水。

武藏反覆想了好幾次，也只能想而已。阿通對他說過的話，此刻都重新迴盪在他身邊。他無法不認爲，背叛了她率眞的思慕是男性非常殘忍的罪惡。——也無法不痛苦。

雖然如此，武藏現在卻咬緊牙關，忍耐這種痛苦。此刻的武藏，已經分裂爲二種性格。

他想叫：

阿通！

又自我責備：

傻瓜！

他無法分辨哪個性格是與生俱來？哪個是後天造成？武藏一直躲在樹後。漸漸地，他的眼眸及混亂的腦海裏，似乎已經知道自己應該如何選擇。

阿通對這一切毫不知情。她走出柴門約十步左右，回頭又看到城太郎在門邊的草叢中逗留，便叫他：

「城太郎！你在撿什麼東西？快出來呀！」

「等一等，阿通姊姊！」

「哎！你撿條這麼髒的手帕幹嘛？」

7

那條手帕掉在門邊，看來剛剛被人擰乾。城太郎踩到了，這才撿起來。

「……這是師父的手帕喲！」

阿通走到他身邊。

「咦？你說是武藏哥哥的？」

城太郎兩手攤開手帕。

「對，沒錯。這是奈良的一位寡婦送的。染了紅葉，還印了宗因饅頭店的『林』字樣。」

「這麼說來，武藏哥哥來過這裏？」

阿通立刻四處張望，突然城太郎在她耳邊大叫了一聲：

「師父！」

附近林中，一樹的露珠忽然閃動著點點光芒，同時響起野鹿之類動物跳躍的聲音。

阿通猛然回頭。

「啊？」

她丟下城太郎，自顧追了過去。

城太郎在後頭追得上氣不接下氣。

「阿通姊姊！阿通姊姊！妳要到哪裏去？」

「武藏哥哥跑掉了！」

「哦？眞的嗎？在哪裏？」

「那邊！」

「看不到呀！」

「在那林子裏啊——」

武藏身影一閃而過，使她又欣喜又失望。以一個女子的腳力，想要追一個已跑遠的人，必得全力以赴，所以不能多費口舌。

「不對吧！妳看錯人了。」

城太郎雖然跟著跑，還是不相信。

「師父看到我們不可能會跑掉的，看錯人了吧？」

「可是，你看！」

「看哪裏嘛？」

「那裏——」

接著，她發狂似的大叫：

「武藏哥哥……」

她撞到路旁的樹，跌了一跤，城太郎趕緊扶她起來。

「你怎麼不叫呢？城太郎！快！快點叫他。」

城太郎內心一震，盯著阿通的臉——怎會如此相似？只差沒咧嘴而笑。她那充血的眼神，白皙的眉間，像蠟雕的鼻梁和下巴——

像極了！她的臉跟奈良的觀世家寡婦送給城太郎的狂女面具，簡直一模一樣。

城太郎一個踉蹌，放開了手。阿通看他還在發呆，罵道：

「不快點追就追不上了，武藏哥哥不會回來了。快叫他！叫他，我也一起大叫。」

城太郎內心很不以為然，但看到阿通認真的表情，不忍潑她冷水，只好也拚命大叫，跟著阿通追了過去。

穿過樹林，來到平緩的山丘。沿著山，是月瀨通往伊賀的小路。

「啊？真的是他。」

站在山丘上，城太郎也很清楚地看到了武藏。但已離得太遠，聽不到他們的叫聲了。那人影頭也不回，越跑越遠。

8

「啊！在那邊！」

兩人邊跑邊叫。

拚命跑，拚命叫。

兩人帶著哭聲的呼喚，跑下山丘，越過原野，在山谷間迴盪，連樹林都要爲之動容。

可是，武藏的身影越來越小，跑入山谷間就不見了。

白雲悠悠，溪水淙淙，回音空空蕩蕩。城太郎像被搶走母乳的嬰兒，跺著腳大哭了起來。

「你這個混帳傢伙！師父是個大混蛋！竟然把我……把我丟在這荒郊野外……哼！畜牲！你逃到哪裏去了呀？」

阿通則一個人靠在一棵大胡桃樹上，喘不過氣來，還抽抽噎噎地哭著。

自己爲他奉獻了一生，竟然還無法讓他停下腳步⁉多麼令人痛心啊！

他的志向是什麼？又爲何要避開自己？這些問題的答案在姬路花田橋時，她就已很淸楚了，但是她一直不解的是：

爲何跟我見面，會妨礙他的大志呢？

她又想：

說不定那只是藉口，其實他是討厭我？

可是，阿通在七寶寺的千年杉下觀察武藏好幾天，很瞭解他是什麼樣的男性。她相信他不會向女人撒謊，要是討厭自己，他一定會明講。這樣的人曾在花田橋說過：

絕對不是討厭妳——

阿通想到這個，內心就充滿怨恨。

那麼，自己該如何是好？孤兒有一種冷漠的癖性，不容易相信別人，但是只要一信任某人，就會認定除了他以外，再無可依賴之人，再也沒有其他的生存意義。況且，她又曾被本位田又八背叛，讓她對男性有了更深刻的比較。她知道武藏是世上少見的眞誠男性，所以決定一輩子都要跟著他，不論結果如何都不後悔。

「……爲何一句話都不跟我說？」

她哭得胡桃樹葉也跟著顫動不已。要是樹木有靈，也會爲之落淚吧！

「……這未免太過分了！」

越恨他，就越愛他，這是她命中註定的吧？要是無論如何也不能和這個人結合，她的生命就無法和眞正的人生步調一致，這一定是她脆弱的精神無法負荷的痛苦，是比肉體殘缺還嚴重的痛苦。

氣得陷入半狂狀態的城太郎在一旁喃喃說道：

「……喔！有位和尚來了！」

阿通的臉還是沒有離開那棵樹。

伊賀羣山已有初夏氣息。日正當中，天空透著一片湛藍。

——雲遊四海的和尚，從山上慢慢走下來，彷彿從天而降，絲毫不帶世俗牽絆。

他在走過胡桃樹時，忽然轉身看著靠在樹上的阿通。

「咦……」

阿通聞聲抬頭，紅腫的眼睛，瞪得圓滾滾的。

實在太偶然了，阿通甚至以為自己在做夢呢！

他來的正是時候，宗彭澤庵對她而言，就像暗夜中的一盞明燈。不只如此，澤庵竟然會經過這裏，實在太偶然了，阿通甚至以為自己在做夢呢！

「啊……澤庵師父？」

9

阿通感到意外，但是澤庵卻早已料到會在此遇到她。之後，便帶著城太郎三人一起走回柳生谷石舟齋的住處，也不是什麼偶然或奇蹟。

原來——

宗彭澤庵跟柳生家早有交情。他們結識的機緣，可以遠溯到這位和尚在大德寺的三玄院廚房幫傭，每天和味噌、抹布為伍之時。

那時，三玄院屬大德寺的北派，經常有一些為瞭解決生死問題的武士，以及領悟到研究武術的同時，也必須究明形而上學的武道家等特異人物，在此出入。寺裏的武士經常超過僧侶，所以當時很多人傳言：

三玄院有意謀反。

這些人物當中，有上泉伊勢守的弟弟鈴木意伯、柳生家的兒子柳生五郎左衛門，及其弟宗矩。

當時，宗矩尚未當上但馬守，跟澤庵交情深厚，經常邀他至小柳生城，所以澤庵跟宗矩的父親石舟齋亦親如父子，對他尊敬有加，說他是：

能談心的父親。

而石舟齋也稱讚澤庵：

這和尚將來必成大器。

此次雲遊，澤庵遍訪九州。前一陣子來到泉州的南宗寺落腳，寫了一封信函問候久未聯絡的柳生父子。石舟齋仔細回了一封長信：

近日我過得頗爲愜意。至江戶奉公的但馬守宗矩亦平安無事；孫子兵庫已辭去肥後加藤家的職務，目前走訪各地，修行武術，看來將來會有所成就。而我身邊最近來了一位眉清目秀的佳人，善吹笛子，朝夕陪伴照顧，茶道、花道、和歌，跟她無所不談，給嚴寒冷峻的草庵，增添了幾許暖意。這位女子在美作的七寶寺長大，跟你的故鄉很近，應該跟你也很投緣。因此特邀你前來，聆聽佳人吹笛，共飲一夕美酒，茶香配上黃鶯甜美的歌聲，別有一番風味。來此之時，務必撥冗與老叟共度一宿爲荷。

他如此邀約，澤庵非去不可。況且，信中提到的眉清目秀的吹笛女子，很有可能是他時時掛念的舊識阿通。

因此，澤庵才會悠悠哉哉地來到此地，而且在柳生谷附近山區看到阿通，一點也不覺得意外。但是聽到阿通說武藏剛剛才往伊賀的方向逃去，不禁咋舌直嘆：

「遺憾！真是遺憾！」

女人的抉擇

1

阿通帶著城太郎，領著澤庵從胡桃樹所在的山丘，走回石舟齋山莊的一路上，澤庵問了許多事，她毫不隱瞞，將自己浪跡天涯，直到此地的種種往事，一五一十地向他傾吐。

「嗯……嗯……」

澤庵像在聽妹妹哭訴一樣，耐心傾聽，頻頻頷首，一點也不厭煩。

「哦！原來如此。女人常會選擇連男人也辦不到的人生啊！現在，阿通姑娘是否要問我，今後應該選擇哪條路？」

「不是……」

「……哦？」

「現在我已經不爲這事煩惱了！」

她無力低垂傾側的臉，簡直是一片慘白，活像個瀕死之人。可是，她話語的結尾，卻隱含著一種令澤庵不由得抬頭重新審視她的力量。

「要是我還在收放之間猶豫不決，就不會離開七寶寺了……我很清楚今後要走的方向。只是，如果這麼做，對武藏兄無益——也就是我不能給他帶來幸福的話——就只好另尋出路了。」

「另尋出路？」

「現在不能講。」

「阿通姑娘！妳要特別小心喔！」

「小心什麼？」

「死神連在光天化日之下，也在拔妳的黑髮喔！」

「我沒什麼感覺。」

「是嗎？死神正在對妳施加攻勢呢！但是，只為了單戀之苦，妳該不會傻到去尋死吧？哈哈哈哈！」

澤庵一副事不關己的態度，令阿通非常生氣。沒戀愛過的人，怎會瞭解這種心情？而澤庵卻把自己當傻瓜，跟她大談禪理。如果禪中有人生眞理，那戀情當中，亦有必死的人生。至少對女性來說，是比聽這個溫呑禪和尚片面的阻止，以及解開入門公案，更攸關生命的大事。

不跟他談此事了！

阿通下定決心，咬著嘴唇，默不作聲。澤庵則神色認眞地說道：

「阿通姑娘！為何妳不生為男兒身呢？像妳意志這般堅強的男子，一定能為國立功的。」

「堅強的女子難道不可以嗎？會對武藏哥不利嗎？」

「別生氣！我不是這個意思。但是，不管妳有多愛慕武藏，他還不是逃跑了？就算妳追得上他，也抓不住他呀！」

「我心甘情願，並不以爲苦。」

「才多久不見，妳已經跟一般女人一樣，淨說些歪理了。」

「可是……好了！別談此事了。像澤庵師父這樣的智識名僧，當然無法瞭解一般世俗女子的心情。」

「我也拿女人沒辦法，眞不知如何回答她們呢！」

阿通轉向另一邊。

「城太郎！跟我走。」

他們把澤庵留在原地，打算往另外一條路前進。

2

澤庵原地不動，挑高眉毛，嘆了一口氣，好像也拿她沒辦法。

「阿通姑娘！妳不跟石舟齋大人道別就自行離去嗎？」

「是呀！我在內心向他道別就可以了。本來我也沒打算要在草庵中受他照顧那麼久的。」

「七寶寺的美作村，山居幽雅，這個柳生村莊也很不錯，民風平和純樸。像阿通姑娘這樣的佳人，不應該住在充滿血腥的凡俗世界，應該居於山水之間，如同黃鶯一樣。」

「考慮什麼？」

「妳不再考慮一下？」

「謝謝您，澤庵師父！」

「還是不行——」

澤庵嘆了一口氣。他已經瞭解，自己的關懷對這個陷入戀情中的盲目少女已經起不了作用了。

「但是，阿通姑娘！妳選擇的可能是一條無明之路喔！」

「無明？」

「妳也是在寺裏長大的女孩，應該很清楚無明的煩惱，是多麼無邊無際、多麼悲痛、多麼難以挽救的啊！」

「可是，我生來就缺乏有明之道。」

「不，妳有。」

澤庵傾注所有熱情在這一絲希望中，他走到阿通身邊，握著她的手。

「我去拜託石舟齋大人，請他安排妳的出路和未來。在這小柳生城找位良人，結婚生子，盡女人之責，不但可以使這鄉土更爲茁壯，妳也可以過幸福生活。」

「我很瞭解澤庵師父的心意，可是……」

「就這麼辦！」

澤庵不覺抓住阿通的手，又對城太郎說：

「小鬼！你也一起來。」

城太郎搖搖頭。

「我不要！我要去追隨我師父。」

「就是要去，也得回山莊一趟，向石舟齋大人道別。」

「對了！我把一個重要的面具留在城裏了。現在就回去拿。」

城太郎跑了回去。他的腳步根本沒什麼有明、無明之別。

可是，阿通卻停留在歧路上，佇立不動。澤庵又恢復舊友的立場，誠懇說明她選擇的人生是危險的，而女性的幸福絕不只只有那一條路，但已不足打動阿通的心了。

「找到了！找到了！」

城太郎戴著假面具，從山莊的坡道跑過來。澤庵看到那狂女面具，心裏一陣戰慄——好像已經看到多年之後，在無明的彼方所見到的阿通的神情。

「澤庵師父！就此告別了。」

阿通向前走了一步。

城太郎拉著她的袖子。

「走吧！快……快走吧！」

澤庵抬頭仰望白雲，像在慨嘆自己的無能爲力。

「眞沒辦法。釋尊也說過女子難救。」

「再見了！石舟齋大人那裏，我就不回去道別了，請澤庵師父代爲轉達……請多保重。」

「哎呀！我這和尙越來越像個笨蛋了。一路行來，盡是看到些陷入地獄的人，卻無法阻止他們。阿通姑娘！如果將來妳陷入苦海難以拔脫，記得呼叫我的名字，好嗎？一定要想起澤庵的名字，大聲呼喚——好吧！妳想到哪裏，就盡管去吧！」

本册完

小說歷史

上杉謙信：天與地

共3卷　海音寺潮五郎著／陳寶蓮譯

平裝，每卷180元

自幼失恃的少年，雖生於富貴之家，卻不爲父親所愛，往後更飽受顛沛流離之苦。所幸他本著嶔崎磊落的胸懷，吸引大批豪傑謀士來共闖天下。十五歲，他領導了一次成功的戰役，一鳴驚人。從此，戰國時期一代奇將誕生了。……海音寺潮五郎花費兩年三個月的漫長時間，寫下虔信毘沙門天神的佛門弟子上杉謙信之傳奇事蹟，絕妙之處，令人回味不已。

小說歷史

德川家康

全套26冊，山岡莊八著

要了解一個國家和民族，唯有閱讀他們家喻户曉的文學作品，而非學院派的經典著作。讀《三國志》不會了解三國時代，讀《三國演義》會留下三國時代的深刻印象。了解日本亦然，《德川家康》不僅是一部愛不忍釋的超級長篇小説，也是一部了解大和民族的重要著作。山岡莊八揮灑自如的名家之筆，將這位德川王朝的開創者，日本史上唯一的英雄人物，極富傳奇絢爛的一生，作了最眞實、最有力的告白。

國家圖書館出版品預行編目資料

宮本武藏／吉川英治著；劉敏譯. -初版. -
- 臺北市：遠流，1998
冊；　公分. --(小說歷史；100-106)

ISBN 957-32-3437-8（一套：平裝）
ISBN 957-32-3438-6（第一卷：平裝）
ISBN 957-32-3439-4（第二卷：平裝）
ISBN 957-32-3440-8（第三卷：平裝）
ISBN 957-32-3441-6（第四卷：平裝）
ISBN 957-32-3442-4（第五卷：平裝）
ISBN 957-32-3443-2（第六卷：平裝）
ISBN 957-32-3444-0（第七卷：平裝）

861.57　　　　　　　　87000868